U0562637

毕 淑 敏 心灵四书

毕淑敏的成长课

毕淑敏 —— 著

长江出版传媒 | 长江文艺出版社

图书在版编目（CIP）数据

毕淑敏的成长课 / 毕淑敏著. -- 武汉 : 长江文艺出版社, 2019.12
ISBN 978-7-5702-0990-3

Ⅰ. ①毕… Ⅱ. ①毕… Ⅲ. ①散文集－中国－当代 Ⅳ. ①I267

中国版本图书馆 CIP 数据核字(2019)第 069243 号

责任编辑：张远林　孙 琳　雷 蕾　梅若冰
插　　画：林帝浣　　责任校对：毛　娟
封面设计：壹　诺　　责任印制：邱　莉　杨　帆

出版：长江出版传媒｜长江文艺出版社
地址：武汉市雄楚大街 268 号　　邮编：430070
发行：长江文艺出版社
http://www.cjlap.com
印刷：湖北新华印务有限公司

开本：640 毫米×970 毫米　1/16　印张：12.5　插页：10 页
版次：2019 年 12 月第 1 版　　2019 年 12 月第 1 次印刷
字数：108 千字

定价：36.00 元

序言

Bi Shumin's Growth Course

初写这本书，是十几年前的事了，那时，我刚从北师大心理咨询博士课程结业，和同学们合作开办了一家心理咨询机构。本以为心理学那时尚是冷门，门前会冷落好一大段时间才能渐被人知晓，却不想刚开张就门庭若市。

感谢无数来访者恩重如山的信任。他们的故事和随之的改变，让我深感心理学这门学问对于当下的中国民众来说，是何等贴切和急需。通过自身的理论学习和实践，我受益匪浅，深感它是一门亲切有趣并可对每个人都有所帮助的宝贵科学。当然，从广义上来讲，几乎所有的科学门类都和人类有关，并且会直接或间接地帮助到人。不过，有一些科学和人的关系尤为紧密，比如医学——哪个人能逃脱医学无所不在的巨掌呢？就算你可以坚持不去医院，不见医生，不吃一片药，但你不能拒绝得病，拒绝死亡啊。而这些，正是医学大展宏图的领域。

心理学相仿，不管你是否意识到自己体内有个心理存在着，它一直就在那里蹲踞着，不动声色地导演着你一生的脚本。

我很想把这些感受同更多的普通读者分享，就像写一本预防骨折或是得了心脏病后怎么办的小册子。自知才疏学浅，功力不逮，做这件事力不从心，但我还是很想尝试。

讲大道理吗？我是个一听长篇大论就眼冒金星的人。己所不欲，勿施于人。所以，我决定不讲心理学的来龙去脉和各个流派之短长，也不遵循什么系统和理论。这个世界上，理论已经够多了，系统也满天飞，我就不班门弄斧了。我希望自己写的书，朴素、易懂、好玩，并对人有所帮助。

决心已定，剩下的就是如何落在纸上了。我从小就喜欢玩游戏，饶是一把年纪了，还乐此不疲。听到可以玩耍一番，就摩拳擦掌。若能在快乐中习得知识，买一送一，更觉得有趣。我不知道在这个世界上，抱持这种心态的人，到底有多少呢？姑且一试。如果大家不喜欢，就让这本书满面尘灰，孤独地堆放在角落，卖不出去好了。

书出版之后，一再加印。到如今已有十几年了，现在又重新设计新的版本，令人开心。看来天下关心自己心理健康并喜欢玩游戏的人，还真是不少。

这十几年来，不断有读者告知我他们玩这个游戏的答案，并希望我能够解读。我特别感谢读者的真诚，感谢他们给予我和这本书的由衷信任。如此认真阅读并加以实际操演，让我感念至深。恕我重申，本书中的游戏是没有标准答案或者正确答案的，它们只是协助你揭开内心的纱幕，窥见某些本已久存你心底的问题。

很喜欢哲学家卡尔·波普尔的观点，他认为科学的逻辑起点是问题。爱因斯坦也说过,提出一个问题比解决一个问题更重要。更有人说，提出问题就等于解决了一半问题。

问题如此重要啊。本书就是请你对自己提出问题,然后尝试着解答。如果一个人对自己的心理状况提不出问题，无非两个原因：一个是你的心理非常健康，什么问题都没有；一个是你自我感觉不错，实际已病入膏肓而浑然不觉。前一种人，几乎是没有的。而后一种人，则盲目而危险。

如果希望心理学实实在在能对人有所裨益，就要把它落实到探索内心结构的努力上。我祈望这本小书，能帮一个小小的忙。在这七个游戏松软的外壳里，包裹着你需要探索自己究竟是何种人的坚硬内核。

祝福你在这次探索中，不管是轻松还是痛楚，皆有收获。

2013 年 8 月 8 日

毕淑敏的成长课

Bi Shumin's Growth Course

毕淑敏作品

CONTENTS

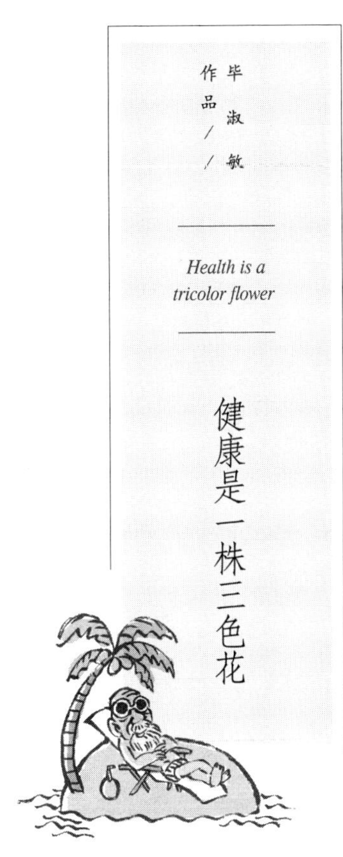

健康是一株三色花

Health is a tricolor flower

毕淑敏/作品/

如果把人间比作原野，

每个人都是在这片原野上生长着的茂盛植物，

这种植物会开出美丽的三色花：

一瓣是黄色的，代表我们的身体；

一瓣是红色的，代表我们的心理；

还有一瓣是蓝色的，代表我们的社会功能。

祝你健康

Bi Shumin's Growth Course

每年春节，都会收到很多朋友寄来的贺卡。我喜欢纸片的华美和字里行间盘旋的温情。元宵吃过了，还舍不得把贺卡丢了，就收藏在一个纸箱里。几年下来，箱子盖合不上了。某日打开，十指像两把叉，捧起又放下，纸片纷扬飘落，好像彩绘的燕山雪。看斑斓笔迹，突然生了统计的愿望，想计算朋友们——不管年少年老，是男是女，也不管受的是传统教育还是洋派熏陶，总之人不分老幼，地无分南北，看看在咱中国人最喜庆的日子里，大家最衷心的祝福是什么。

恭喜发财的，轻轻放到一旁。财是重要的，但肯定不是最重要的。祝心想事成的，一笑了之。据心理学研究，人的一天，脑海中涌现的念头有六万种之多，要都“心想事成”了，天下岂不大乱？祝笑口常开的，嗯，这还差不多。可转念一想，生活中哪有那么多可笑之事？

此愿甚好，但难以实现。

费时半天，统计结果出来了。重复最多的吉利话是——祝你健康！

健康是众望所归。但健康不是从天上掉下来的，也不是单纯祝愿就能实现的。和世界上的其他好事一样，健康是争取出来的，是建设出来的，是培养出来的，是保卫出来的。

健康到底是什么呢？多少人梦寐以求呼唤健康，但我们真的搞清了它的概念吗？1946 年，联合国世界卫生组织对健康的定义是："健康是一种在身体上、心理上和社会功能上的完满，而不仅仅是没有疾病和虚弱的状态。"

联合国的这个定义很精准，半个多世纪过去了，依然很有概括力。评价一个人健康与否，不能只看他是不是强壮，化验单上的指标是不是正常，还要看他的心理和社会功能是不是处于优良、和谐的状态。如果把人间比作原野，每个人都是在这片原野上生长着的茂盛植物，这种植物会开出美丽的三色花：一瓣是黄色的，代表我们的身体；一瓣是红色的，代表我们的心理；还有一瓣是蓝色的，代表我们的社会功能。

生理健康，当然令人高兴，但无论黄花瓣多么艳丽，都只是这棵植物的一部分，红花瓣和蓝花瓣也要怒放，才是生机勃勃的风景。甚至可以说，在某些情况下，保持健康并不意味着治好了所有的病，它还意味着，疾病依然存在，但你学会了平衡和调整，能够和谐地与人相处，使家庭变得亲密，使生活充满了快乐，对死亡的畏惧和痛苦减轻了……这也是一种整体的健康。著名的围棋大师吴清源一言以蔽之——“健康就是人脑的健康”。

心理也会感冒

Bi Shumin's Growth Course

有人会说，生理这瓣花，看得见摸得着，心理到底是怎么一回事，就搞不清了，弄不好跟看相算命差不多。其实心理学很严肃，是研究行为和心理过程的科学。有人说，我心里想的是什么，我要是不说，你怎能知道？我要是说了，却不是我的真心话，你又怎能知道？

的确，至今也没有发明出一种仪器，可以精确判断出人的思维动态的全貌，但这并不意味着现代心理学就是一笔糊涂账，可以主观臆测，信马由缰。古人所谓“听其言而观其行”，就是心理学非常有价值的研究手段之一。一个人心有所思，就会在行动和语言中表现出来，如同浮出海面的冰山一角，从中就能分析出冰山的体积和成分。

心理学是一门年轻的科学，1900年，弗洛伊德发表《梦的解析》一书，标志着现代心理学建立，迄今为止，满打满算也只有一百年多一点的时间。

世界卫生组织关于健康的论述，就好像盖起了一座三层小楼，最底下是生理健康，第二层是心理健康，最上面带露台的一层，就是社会功能健康。心理健康承上启下，不可或缺。你虽体魄强壮，心理若不健康，就不能算是一个“大写的人”，也就无法实现完满的社会功能。反过来，哪怕你的生理上出现了很严重的问题，但你的心理健康，也有助于你恢复生理健康，帮助你完成自己的社会功能。

蒙田说过：世界上最重要的事就是认识自己。解读心灵的秘密，了解自己，是一切成功的基石。从这个意义上说，心理学不单是一门严谨的科学，也是心灵探险。

如何知道自己的心理是否健康？心理健康不是一句空话，明了自己的心理结构，是一个系统工程。要对小楼第二层，来一番检修加固，让你的红色花瓣，迎着太阳绽放。

可能有人说，我最烦人家说心理有毛病了，那不是离精神病不远了吗？我没病，我好着呢。北京人遇到自己反感的人和事，爱说一句话：你这个人怎么啦？有病啊？听的人也很不高兴，回嘴道，这说谁呢？谁有病？你才有病呢！

这里所说的“有病”，意思是这人脑子不正常，半痴半傻，相当于一句骂人话。很多人把精神和心理混为一谈，其实它们虽有关联，但更有区别。精神病指的是精神系统的疾病，通常伴有幻觉、妄想、广泛的兴奋和运动性迟滞等精神障碍的行为，而心理范畴的问题，并不包括这些病理表现。

把精神和心理分开很重要。精神病只是很少数人罹患的病理改变，而心理则是我们每个人都具有的正常组成部分，就如同人人都有心、肝、脾、肺、肾一样。心理也像生理一样，会有毛病。心理有了毛病，不是什么见不得人的事，从某种程度上讲，它是生命过程的正常组成部分。既然一个人的身体会感冒，那么人的心理也可能会"感冒"。

心理"感冒"了不要紧，抓紧治疗就是了。也许有人会说，我的心理健康得很，不需要特别的保健和爱护。这话有几分道理，但还不全面。有人心理素质比较好，就像有人天生体魄强健一样，但健康不是一成不变的，也不是一劳永逸的。比如运动员身体机能要比普通人强，但他们也会发烧，肚子疼，也需要不停地锻炼和补充营养。人的生理和心理都处在不断变化之中，不能关进冰箱冷藏起来。现代社会节奏很快，方方面面的压力汇聚到一处，现代人所遭遇到的困境和挑战是空前的。在这种情况下，关怀自己的心理健康，呵护心灵，是明智和刻不容缓的事情。

身心健康更是密切相关。许多生理上的疾病是由心理压力引发的。古希腊的希波克拉底医师，是西方医学的奠基人，他在公元前 5 世纪就说过，忧郁和焦虑均可致病。我们可以把疾病想象成一座桥梁，这边联系着我们的生理，那边联系着我们的心理。任何一方的柱子坍塌，都会使桥梁产生严重的倾斜。如果两面都塌了，桥就会沉入水底。心病不除，身病就无法痊愈。

关注你的内心渴求

Bi Shumin's Growth Course

我以前看过一个图示，对我的启发很大。它画起来很容易，如果你有兴趣，不妨跟着我一道画一下。有人可能会说，这多浪费时间啊，干脆把它印出来，不是更省事吗?

这话有道理。可我还是忍不住希望你能拿出一张纸，铺在桌上，把这个图示亲手画出来。不是成心要浪费你的时间，而是希望在动手的过程中，你的心也许会被不经意地触动。

第一步，先在纸上画一道从左到右的直线，两端都画上箭头。它是一条被相反的力量抻拉着的直线。

第二步，把直线分成三份。注意，不是平均分配，而是两端较短，中间较长。现在，直线变成下面这个样子。

第三步，在直线的左面写上：精神病人；在直线的右面写上：心理超常健康的人；在直线的中间部分写上：正常人。现在，直线变成了：

至此，这个简单的图示就完成了。

也许你要问，这个图和我有什么关系呢？以往心理学涉猎的范畴，多半集中在正常人和精神疾病患者交界的区域内，所以，人们常常把心理疾病和精神疾病混为一谈。但是，随着社会的进步和发展，现代心理学的很大一部分工作和研究重点，甚至可以说最主要的工作领域，已经转到了如何让基本正常人群的心理潜能得到更好发挥，像从蚌壳中剜出珍珠，使其焕发出更夺目的光彩和更充沛的润泽，让人们更好地享受生活的快乐和人生的幸福。

现代人剪裁精良的西装里面，常常包裹着一颗疲惫焦虑的心。当我们感到压力过大，大脑就会传递信号，造成生理上的变化，身体释你也试一试吧……

Hey, are you ready?

放出肾上腺素等化学物质，使心跳加快，血压升高，肌肉血管扩张，以便在突发的灾难面前有足够的能量应对。其他的血管循环则缩小或关闭，以保证最重要的部位得到充足的血液。这种应对方式是从远古时代遗传下来的，本来未可厚非。但那时的人们一旦得到足够的食物之后，就松懈下来休息，要么载歌载舞地祭祀或玩耍，要么面对浩瀚星空，思索万物是从哪里来的这样一些玄妙的问题。天赐自然，自然缓解了原始人类艰苦而残酷的生活现实，可惜，今天的人却没有这种幸运。面对无休无止的商海挑战和无所不在的信息轰炸，当自然、休闲、无所事事的轻松几乎已经变成奢侈品时，如果不会自我调节，就会被激流所裹挟，丧失了收放自如的弹性，终日在高度的应急状态之中，长久下来，如何能不生病！

现代人的情感世界也面临着巨大的挑战。情感是神秘的，也是危险的。敌对、焦虑、日积月累的憎恨和无可名状的畏惧，还有不知所归的内疚和如影随形的孤独，都会毫不吝惜地扰乱你的免疫系统，破坏你的荷尔蒙平衡。而且，并不只是那些当前发生的强烈情感才会留下深重的印记，以往情感巨变的余震仍会影响我们的行动，扰乱我们的决定。情感的回声在记忆的峰峦中不断震荡，潜移默化地操纵着我们的思维。除了以心理学的方式清理和终结它，你没有逃避的办法。

那些我们没有意识到的张力和伤痕，常常会导致复杂的病状，并使病情难以康复。每个人的历史寄宿和储存在身体的各个部分，连免疫系统的综合机能也受它的控制。如果不解决我们的情感苦恼，包括受伤的信念和未能表达的情绪，我们的身体就会在黑暗中长期遭受荼毒，如同潜行的厄尔尼诺，猝不及防带来酷暑和风暴。难怪古代的医圣华佗说："善医者，先医其心而后医其身。"

相反，我相信每个人都有过这样的体验：当我们神清气爽、兴趣盎然的时候，当我们友爱和谐、意气风发的时候，我们的创造力处于昂扬奋发的高潮期，脑子特别好使，新奇的点子层出不穷，灵感的火花不停闪现，让人目不暇接，我们的脸上荡漾着微笑，妙语连珠，太阳格外灿烂，路边的小草绿得像刷了漆……

这就是心理健康的超常时期。可惜它出现的频率并不高，仿佛惊鸿一瞥，电光石火。有的人简直对它素昧平生。多数时间里，我们平淡消沉地应付着日常生活，身在稠密人群包围之中却寂寞难耐。这就是心理亚健康。亚健康俯拾皆是，很多人甚至以为它是常态。

如果你期冀生命的绚丽，就要有不竭的清泉滋养。

你完成了这张图示，能安然面对心理探索，不觉得谈论自己的心理问题是什么见不得人的事情，那么，恭喜你，你已经向心理健康迈出了十分重要的一步。一个人，在温饱问题解决之后，就会更多地关注自己内心的渴求，这是进步和文明的表现，是现代社会不可阻挡的趋势。说起来，人的生理需要比较容易满足——胃的容积很有限，肚子吃饱之后，什么山珍海味再也不能引起兴趣，硬是填进去，肠胃会病，上吐下泻。穿衣最古老最原始的功能是御寒和蔽体，如果一味地追求时尚，疯狂购置，那就不再是享受而成了受罪。只有模特才每天穿脱不停，把穿衣戴帽当成了工作。只有人的心理追索是永无止境的，这是人类最美好的品质之一。如何呵护自己的心灵，是人类永恒的课题。

寻找健康三色花

Bi Shumin's Growth Course

也许有人会说，我承认人的心理是非常重要的，我也很希望关注自己的心理健康。可是，心理学的书不大好懂，术语复杂，我从何处着手呢？

心灵的学问，要说深邃，再有百年千年也无法穷尽它的奥秘。要说平易，它和我们每个人息息相关。但愿这本书能在这件大事上帮你一个小忙。它是由七个心灵游戏组成的。有人看到这儿会说，你刚才还讲心理学是一门严肃科学呢，怎么一眨眼改游戏了？

爱玩游戏是人类的天性。在游戏中，我们心灵放松，情感流动，灵魂的思考会从蛰伏的冬眠中缓缓苏醒，兴奋地发出响亮的声音。我们和自己的内心有了直接而坦率的接触，你因此会发现一个真实到有些陌生的自我，存在于你已经很熟悉的躯壳之中。

不要小看了游戏。游戏能帮助你深入自己的心灵之海，去探索我们意识中幽深的岛屿。

这一趟航行，你是船长，也是水手，你扬帆，你也沉锚。这些游戏没有统一的答案，没有固定的正确或错误的结论。回答问题所用的时间，越快越好，不必反复斟酌。思维流星划过的轨迹，宝贵而难以复现。没有人来为你判卷，也没有人来排出你的名次，更没有人查看你的成绩。

一个球迷，如果有人在他还没收听到电台或看到电视重播的时候，预先把那场比赛的最终结果告诉他，他恨不能掐掉那人的舌头。请先别着急把本书草草翻过，如果你忍不住这样做了，就是你的损失了，你无意中剥夺了自己的机会。如果你做完之后，觉得还有一点有趣，请转告朋友你的感想，却不要告知答案。

我读过一位作家所写的一段话。大意是，当我是一个完整的人的时候，人家说，这是我。当我失去了双腿以后，人家会指着我的上半身说，这是我。当我继续失去了我的上肢，只剩下一个躯干的时候，人们还会指着我丧失了四肢的躯体说，这是我。那什么时候人们才会认为我不存在了呢?

作家并没有给出唯一的答案。倘我回答：只要头颅还在，思考还在，人们就会说“我”还存在。如果思维飘散了，那么，无论我们的肉身多么完整，作为一个人的价值已在模糊之中。也可以说，不论生理多么健康，如果没有一颗健康的心灵，没有良好的社会活动，我们就不能算是健康的，也不能算真正存在过。我们也许是别人的影子，也许是没有思想的傀儡，也许是一堆衣服的架子和贮存食物的容器。从生命存在的角度来说，我们需要多方面地了解自己，这不单是为了更好地把握人生，也是生而为人的基本作业之一。

埃及摩西神庙出土的石碑上刻着："当你对自己诚实时，天下就没有人能欺骗你。"为了获取那无敌的力量和智慧，请你以诚实之心走进下面的游戏，来到生命的旷野上。也许你会说，我看不到花，只看到草。

印度谚语说：认识自己，你就能认识整个世界。

中国的老子说：知人者智，自知者明。

一个人就像一粒种子，天生就有发芽的欲望。哪怕是在地下埋藏千年，哪怕是到太空遨游过百圈，哪怕被冰雪封盖，哪怕经过了鸟禽消化液的浸泡，哪怕被风刀霜剑连续宰杀，只要那宝贵的胚芽还在，一到时机成熟，它就会探出头来，绽开勃勃的生机。

每一株花最初都是草。每一棵草最后都会开出花。

让我们出发，去寻找你的健康三色花，去催放你的红花蕾。

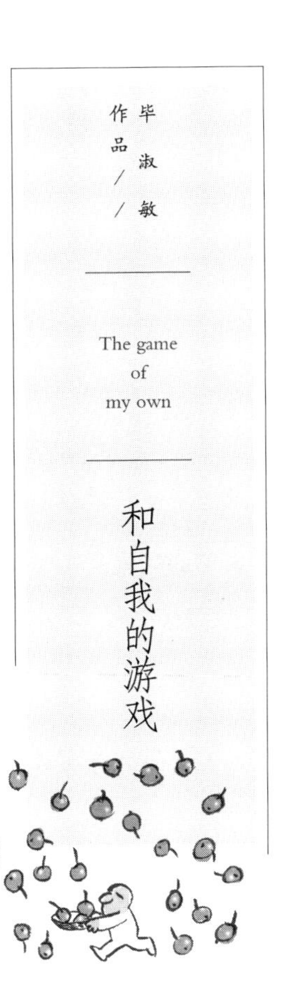
毕淑敏
作品
The game of my own
和自我的游戏

游戏一：我的五样

Game 1: My Five Things

一个选择，决定一条道路。一条道路，到达一方土地。一方土地，开始一种生活。一种生活，形成一个命运。决策失误是最大的失误。每个人都希望尽量少走弯路。将决定做得完美一些，少一些遗憾，是所有人的期望。

那么，做出正确决定的前提是什么呢？

那就是

——你到底要什么？

你到底要什么？

Bi Shumin's Growth Course

一个游戏的名称，叫作“我的五样”。

现代生活如此繁杂，人们随时需要对发生在自己身上的事做出决定。

小到早上吃什么饭，是喝永和豆浆还是啃麦当劳汉堡？大到事业发展，是跳槽转行还是出国深造？迟缓的比如买房，何时何处何价何户型？紧急的比如有人落水被淹，要不要挺身而出冒生命危险？长久的像需考虑找一个怎样的伴侣共度一生？短暂的像要选择买一件什么颜色的衣服追上今夏的流行？轻松的好比星期天是旅游还是读书？严酷的例如发现癌症，是手术还是吃中药保守治疗……

多种可能性逼迫我们在众多的选择中做出决定，这几乎成了现代人永恒的困境。有自由才有选择，这是社会的一种进步，但当选择真的来临时，我们常常做出错误的决定，走出“昏招”。今天的生活是由你几年前的一个选择决定的，你今天的选择将决定你几年后的生活。比尔·盖茨若不是中途果断退学，抓住了发展时机，他就成就不了微软神话。

一个选择，决定一条道路。一条道路，到达一方土地。一方土地，开始一种生活。一种生活，形成一个命运。

决策失误是最大的失误。每个人都希望尽量少走弯路。将决定做得完美一些，少一些遗憾，是所有人的期望。

那么，做出正确决定的前提是什么呢？

那就是——你到底要什么？

某大公司的总裁面试求职者时，他所问的第一个问题就是“你想得到什么？”让他大吃一惊的是，有百分之七十的求职者根本回答不上来。

听起来不可思议的事，其实每天都在上演。现在，很多人为了得到一份工作，精心设计简历，用精美的纸张印刷，请教公关专家，训练自己的表达能力。有些想走捷径的女孩，不惜皮肉受苦，花巨资整容，甚至还附上自己的泳照。面试当天，很多人穿上名牌西服，为了系一条什么样的领带踌躇再三，对着镜子反复练习自己的举止……花费了巨大的精力和时间之后，却在这个基本问题前瞠目结舌，败下阵来。因为，他们想得到什么，自己并不知道。

事实上，很多人走完了他们的人生道路，也从未问过自己希望得到的东西究竟是什么。在少数问过自己这个问题的人当中，许多人也没有得出一个明确清晰的答案。在得到答案的少数人当中，更是只有极少数人能明确地用语言把它描述出来。

如果你不能确定你往哪里走，那么此处就是你的葬身之地。为了避免这种处境，我们做的第一个游戏，就瞄准这个问题。你知道了你到底要什么，你就能做出决定。

女犯和总裁

Bi Shumin's Growth Course

我经历过这样一件事。

每年二月底，就会有人来约，说：请您和我们单位的女士们一道过三八节吧。邀请多了，分身无术，我开始按照“先来后到”的顺序，谁最先打来电话，就答应谁，后面联系的，我说，对不起，某单位比你们早。结果当年的难题解决了，第二年，上次没约到的人就更早地打来电话，春节就开始不安宁了。我于是改变战术，对所有的邀请都先给一个活话儿，说，我要斟酌一下，再做决定。

那年，清华大学早早来联系，希望我能在三八节那天到校和同学们共度节日。面对女大学生的邀请，我心中充满清凉的感动。我喜欢和她们在一起，感受那种青春的活力和富有挑战的激情。事情基本上定下来的时候，我突然接到了一个电话，女子监狱邀请我和三百名女犯一道过节。

我愣了，下意识地说，我从来没有面对三百个坏女人讲话的经验。

对方轻轻地反驳说，毕老师，她们不是坏女人，只是正在服刑的女犯。

我知道自己犯了错误，居然说出这种非常幼稚的话。人是不可以简单地分成好和坏的阵营。我赶紧说，请原谅我。不过，我也没有面对犯人讲话的经验啊。对方温和地笑了，说，就像您在别的地方说话一样，谈谈人生和理想什么的就行了。

我放下电话，陷入两难。一方是朝气蓬勃如花似玉的女大学生，一方是大墙之内铁窗之下的女囚犯。和前者在一起，轻松快乐，活泼有趣；和后者在一起，沉重惊异，紧张拘束……如果单单从个人感受出发，当然是选和女大学生在一起了。但我想到自己的责任（我曾经是医生，把责任感看得很重），面对这份诚挚的邀请，我不能拒绝。我决定到女牢去。

下了决定之后，我不是轻松，反倒更紧张了。我想不出跟她们说什么。所有该讲的，都有人跟她们讲过了；所有该想的，她们也许都在漫长的时间里想过了。别的姑且不论，单是讲演开头如何称呼她们，就让我犯难。惯常的称呼——“同志们”，当然不行。尊称她们为“女士们”，牢狱之中，也不相宜。通常女人们欢庆节日时，会亲昵地说“姐妹们”，但我张不了这个口，我不愿和囚犯称姐道妹。至于人们常说的“朋友们”，我也不能接受，她们不是我的朋友。苦思冥想两天，总算找到了一个称呼，叫她们——“女同胞们”。我想这个称谓基本上算是无懈可击，即使她们犯了重罪，也还是女性，也还是中国人。她们是接受中国法律制裁的我的同性同胞。

称呼确定之后，紧接着就是讲什么。思来想去，我决定在监狱之中让犯人们玩个游戏。这是一个冒险的决定，我无法设想会出现怎样的情形。我从没去过监狱，不知道那里的规矩。

那天早晨下雪了。在去往监狱的途中，望着纷飞的白絮，我想，今天这个游戏若是玩不成，我得准备一份备用的讲演稿。可脑瓜变成了南瓜，除了这个游戏，什么也想不出来。

到了监狱，很大的场所，女犯们穿着灰色的囚服，坐在小板凳上，排成整齐的队列。从高处远远看去，像一块块灰暗的方手绢，四周缀着藏蓝色的宽边——身着藏蓝制服的管理人员，把每个方阵团团围住。

我悄声问身旁坐着的劳改系统领导，为什么主席台离下面的人这么远?

领导回答，你忘了这是什么地方？这里不是普通学校的大礼堂，是监狱！要是你讲话的时候，有个犯人猛扑上来，掐住你的脖子，把你当人质，你说我怎么办？距离远，我们就有相机处理的时间。

一层鸡皮疙瘩滚过，我这才深刻地意识到，这不是大学的女生节。我又问，为什么狱警要围坐四周？领导很干脆地回答，防暴狱。我吓了一跳，第一次听到“暴狱”这个词。我失声道，怎么会？！要知道她们是女人啊！

领导说，女人怎么啦？你面对的这三百个女人当中，强盗小偷、倒卖人口、制毒贩毒、杀人纵火……一应俱全。我们从没有把三百名女犯聚集在一起开过会，这一次为了听讲演，开了先例。必须严加防范，确保安全。

我用更小的声音问，可以做游戏吗？

我敢说，就是一颗子弹此刻击中他的胸膛，他也不会比听到这句话更紧张。他说，什么？！游戏？！这里哪能做游戏？！犯人们绝不能离开原地半步！

我说，这个游戏不是丢手绢，可以不离开原地。领导充满狐疑地看着我，说，那也不能让她们站起来。我回答，可以不站起来。但是，有纸笔吗？

领导说，没有。她们不能用纸笔。

当我最终走向讲台的时候，我说，女同胞们，先向你们道一声过节好！今天窗外漫天大雪，雪可以覆盖很多东西，但雪下面掩盖着真实。让我们来做一个游戏，看看我们的内心，究竟隐藏着一些怎样的东西……因为我们没有纸和笔，所以就请各位闭上眼睛，想象出一张洁白无瑕的纸，或者，你们就把铺满雪花的大地，当成一张纸吧……

那一天，当我宣布游戏结束的时候，整个监狱大厅中，久久寂静。

我说，这个游戏的结果，你们可以不跟任何人说，也可以跟任何人说。说与不说，是你们的自由。我期待的是，你能记住这个游戏的结果，或许它对你以后的人生会有帮助。

台下依然是死一般的寂静，静得能听到窗外雪花降落在树枝和草地上不同的声音。

关于这次经历的结尾，容我后面再叙。我还在不同的场合做过这个游戏，面对形形色色的人。他们的答案各不相同，但基本上都说有所收获。一家著名企业的总裁做完之后，前来同我交流看法。他说，很感谢你。这个游戏也许会改变我的后半生。

我说，真有这么神奇吗？我不敢奢求，只希望它能给大家一点小小的帮助。

总裁说，某些非常重要的变化，并不是鸿篇大论的结果。一句话、一个小故事，有时会有意想不到的魔力，决定了我们的将来。这个游戏在某种程度上，也有这样的魔法。

他说着，把那张写有他的游戏答案的 A4 纸，细细地对折起来，然后撕开，又对折，再撕开。在我的注视下，他把那张纸反复撕开，直到碎成一堆泰国香米般大小的纸屑。之后，他用另一张完整的 A4 纸把碎屑包起来，放进公文包。

我有些奇怪，说，你要长期保存它们吗？

他笑笑说，不是。我要找一个下水池，将它们彻底冲走。

我说，你的游戏结果需要这样严格的保密吗？

他说，对你和别人不保密，但要对我的太太保密。

写下你的五样

好了，我讲了半天有关这个游戏的小故事，有的人可能急了，说，你这个游戏究竟是怎样的，请赶快告诉我们。

现在，我们进入这个游戏的准备阶段。

依上面所讲，好像这个游戏在哪种场合都可以做，但为了效果更好，更准确一些，我建议还是在夜深人静或是黎明醒来时分，你独自一人面对书桌时最好。

希望你不要喝酒，也不要在喧哗的应酬之后做，你可以喝茶或咖啡，但不要太浓。最好避开所有亲近的人，孤独地面对内心。这不是不信任他们，而是人间有些事情只能独自面对。

先拿出一张白纸，洁白无瑕，没有格子，没有折痕，没有因上页纸用笔过重而留下的任何印迹，平展得好似撒哈拉沙漠。再准备一支黑色的签字笔，实在找不到黑色的，蓝色也行。注意啊，不要用红色的，太鲜艳的颜色，容易触目惊心。

做游戏的时候，放松最好。放松使人的心理能量平缓下来，使身心从外在的世界抽离，用思维的板擦把大脑刷洗成虚位以待的空白，等待着深层信念的浮起。

准备好后，在白纸顶端，一笔一画，写下“××× 的五样”。这个 ××× 就是你的名字。

这个步骤一定不要省略，因为我们平时除了使用信用卡或是领取重要资料时需要签字，已经很少有机会专心致志写下自己的名字。这个瞬间，请你细细地体会和内心相拥的感动。这个名字代表的不是别人，就是你自己啊。它代表着你的身体，你的记忆，你的爱好和你的希望。你的名字和你密不可分，包容着你这个人的举止言行，覆盖着你的整个疆域，也牵涉着你的历史和预示着你的将来。总之，它就是你的一切。此刻，天地万物都暂时不存在了，只剩下你的名字和你的心在一起。当我们孤零零地来到这个世界时，你只有你自己。当你有一天离开这个世界时，也是你一个人飘然而去。无论有多少人围在身边，迎接我们的诞生和送别我们的离去，在本质上，我们都是孤独的。

好了，现在，请你用黑色的笔在雪白的纸上，飞快地写下你生命中最重要的五样东西。

这五样东西，可以是实在的物体，比如食物、水或钱；也可以是

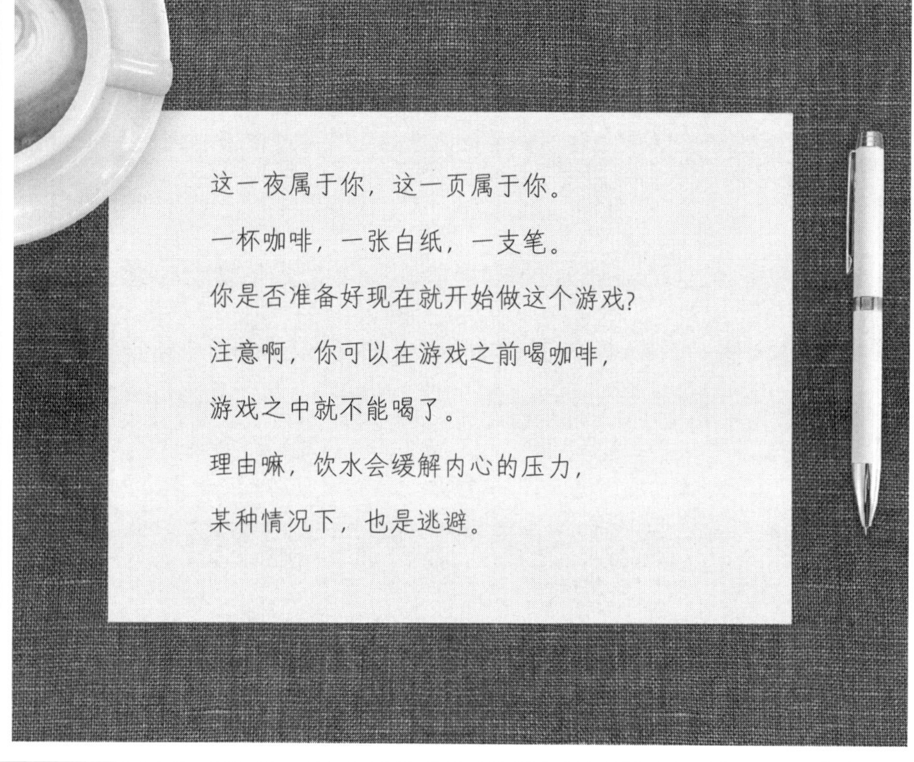
这一夜属于你，这一页属于你。
一杯咖啡，一张白纸，一支笔。
你是否准备好现在就开始做这个游戏？
注意啊，你可以在游戏之前喝咖啡，
游戏之中就不能喝了。
理由嘛，饮水会缓解内心的压力，
某种情况下，也是逃避。

Hey, are you ready?

喂，想好了吗?

写下你的五样……

人和动物，比如父母、妻子、儿女、丈夫或狗。可以是精神的追求，比如宗教或理想；也可以是爱好和习惯，比如旅游、音乐或吃素。可以是抽象的事物，比如祖国或哲学；也可以是具体的物品，比如一个瓷瓶或一组邮票。总之，你尽可以天马行空地想象，只要把你内心最珍贵的五样东西写出来就是了。

不必思来想去，左右斟酌。脑海里涌出什么念头，就提笔把它写下。最先涌出的想法，必有它存在的深刻理由，如实记载即可。不必考虑顺序，排名不分先后，既不按ＡＢＣＤ，也不按姓氏笔画。

此刻，在你面前的，已经不再是一张白纸了，纸上有了你亲手留下的字迹。请你目不转睛地看着它们，屏住气，看上一分钟。记住那些笔画的每一笔顿挫和它们在你心中激起的涟漪。这支集结而起的小小队伍，就是你生命中的至爱。它们藏在你心底，是你最大的秘密。也许在今天之前，你还没有认真地思考和珍惜过它们，但从这一刻开始，你知道了什么是你维系生命的理由。

游戏做到这里，已经完成了一半。现在，我们要做另一半了。如果说，前面这一半还有温暖的回忆和惊喜的发现，那么，请原谅，后半部分就有严峻和凄冷，请你做好足够准备。

糟糕！你的生活中出了一点意外。到底是什么呢？我无法说得更详细，更清楚。人生的曲折小径，有很多意外潜伏在那里，好像凶恶的强盗，要你留下“买路钱”。你要付出代价和牺牲，你可以悲伤和愤慨，最重要的是，你还要继续向前。也许，可以这样说，没有意外的人生是不正常的，只有不断地发生意外，我们的人生才充满了活力和动荡。倘若一切意外都消失了，生命也必是到了终止之时。

怎么办？生命中最宝贵的五样，保不住了。你要舍去一样。请你拿起笔，把五样之中的某一样抹去。

注意，不是在那样东西旁边打上一个“×”，还保留着它的基本形态，就是说，你还可以透过稀疏的遮挡看清它。丧失绝非这样仁慈。你要用黑墨水，将这样东西缓缓地，但是毫不留情地涂掉，或者用刀子将它剜掉，直到它在洁白的纸上成为一个墨斑或黑洞，再也无法辨识。如果你抹去的是“鲜花”，那么从此你的生活中将不存在春天和芬芳，你将永远告别灼目的牡丹和美艳的玫瑰，连田野中的雏菊和蒲公英也看不到了。你没资格再进花园，连瞅一眼也不可能。你亲手将一瓣又一瓣花朵扯碎，看着它们融入泥泞。在这个过程中，请你细细体察丧失之感所引发的痛楚。

你的纸上剩下了四样宝贵的东西，还有一个黑洞。此刻，生活又发生了重大变故，来得更凶猛急迫，你保不住你的四样了，必须再放弃一样。

请三思而后行。

我猜，如果说第一次要你放弃的时候，你多少还有些漫不经心的话，这一回，你要郑重行事了。千挑万拣，选中的都是至爱。你会说，已经删削到不可压缩了，又要减去一样，这不是强人所难嘛！

不错，就是强人所难。这是这个游戏的玩法，也是命运的某种残酷。不管你有多少怨言和不情愿，请你遵照游戏规则，用你的笔，把四样当中的某一样涂黑。再次提醒，不是轻轻勾去，而是将它义无反顾地完整地从你的视野中除掉。如果你把“钱”抹去了，从此你就变成一个穷光蛋，今后就要和灯红酒绿、锦衣玉食、宝马香车、百媚千姿的奢华日子，彻底“拜拜”了。你虽不至于因贫困冻饿而死，却绝对进不了富豪的行列。如果你舍不得，下不了这个决心，那就把“钱”留下，不必勉强，换另外一样去赴“杀场”。如果你是一个女人，你选择放弃了“工作”，就再不要幻想自己朝九晚五，穿着优雅的套装，在办公室里袅袅婷婷地走过，而要准备习惯穿睡衣、扎围裙、在家中烹饪打扫、相夫教子还有百无聊赖地看夕阳的生活。

游戏至此，有人已猜出了下面的玩法，露出摸到底牌的神色。我承认你很聪明，也承认这不是一个复杂的游戏。为了你的利益，希望你把注意力从游戏的玩法上跳开，而更关注你写下字的这张纸。游戏最重要的部分即将展开，重要的不是规则，而是在过程中你对自我心灵的察觉和领悟。

白纸上，还有三个选项和两个已经看不出名堂的黑斑或黑洞。只有你知道，黑斑或黑洞里埋葬的是什么。生命进程中，你又遇到了险恶挑战。这一次，你又要放弃一样宝贵的东西了。

游戏进展到这一步，往往会遭遇顽强阻抗。有人愤愤地说，什么破游戏？！不玩了不玩了！不停地放弃下去，人生还有什么意思！不，我不放弃！决不！剩下这几样我都要，一样也不能少！就像老葛朗台握住他最后的一块金币，我绝不松手！甚至有人说你太残忍了。你怎能让人这样不停地选择，不停地放弃？你没有这个权力！

我总是对自己，也对大家说，请坚持下去。游戏的核心价值就在这里——你要学会放弃。的确，我是没有这个权力，但生活有这个权力。

主动的放弃，如同退潮的海水，在动荡归于平静的过程中，遗留下突兀屹立的东西，那才是你生命中最重要的礁石。

也许有人会心生怨言，说早知道这个游戏如此玩法，我干脆从一开始就写上些无关痛痒的东西，这会儿放弃起来，也不会如此撕心裂肺地痛。

不管你说什么，只要你坚持下来，胜利就不远了。你已经一步步地接近了赤裸裸的真实，最关键的部分就要横空出世。纸上已经发生了根本的变化——划掉了三样，保留下了两样。纷繁的事物如今已眉清目秀。被涂抹掉的三个黑斑，如同黑色石碑，掩埋着你的所爱。请听好，事情还没有完，咱们还要继续……

如果在课堂或是会场上，这时，通常会有人交头接耳，对游戏的发起人出言不逊:“你到底还想怎样？在你的逼迫下，我已将那么多心爱的东西一件件放弃。你不要得寸进尺，你还有完没完？你不要穷凶极恶地逼人，我不玩这个讨厌的游戏了！”

我理解你的憎恶，明白你的烦躁和潜在的恐惧不是针对游戏，而是指向命运。对不起，游戏的本意并不是要冒犯你。希望你咬牙坚持，咱们把游戏进行到底。这不是我逼你，是生活本身会逼你。残酷的压榨不是来自一张白纸，而是来自不可预测的命运。危险无处不在，机遇稍纵即逝。当然，如果你实在玩不下去了，可以中断退席。

坚持有益。这毕竟只是一个游戏，无论你的选择多么伤感，终究还不是现实中的血肉横飞。命运本身的征伐之烈，比最富想象力的游戏更要丰富百倍。

咱们一竿子插到底。是的，你的生活滑到了前所未有的低谷，你必须做出你一生中最艰难也是最果决的选择。你只能留下一样，其余全部放弃。

游戏进行到这里，四周往往是洪荒一样的寂静，数十人、上百人的会场，听得见银针落地。每个人都沉浸在煎熬之中，所剩两样，精中选精，都是你心中的至爱。放弃哪一样，都是刻骨铭心的痛。有若干次，我听到场上响起轻轻的饮泣。有人愤怒地看着我，要求把这不人道的规矩破一破。我心中何尝不难过？想当初我自己把游戏做到这一步的时候，也是五内俱焚，恨不得扔了纸笔一个箭步逃出。

要挺住啊。我这样对自己说，也为所有玩着这个游戏、一步步走到此刻的朋友们鼓劲。你可以哭泣，为了你所有失去的珍爱。你也可以犹豫，为了你割舍不下的情愫。你也可以反悔，那样你就不停地在犹疑之中煎熬。当然，你也可以“不作为”，不选了，剩三两样并驾齐驱，又能怎样？

是的，你可以逃避这个游戏，但你却无法逃避命运的敲打。

大难当头，千钧一发，看你往何处躲？到此，游戏基本上见出眉目。你的纸上只剩下了一样东西，这就是你最宝贵的东西。你涂掉了四样，它们同样是你宝贵的东西。被涂掉的顺序就是你心目中划分的主次台阶，有点像奥林匹克竞赛中的领奖台，冠军是金，亚军是银，第三名是铜。

好好记住这个顺序吧，如果在生活中遇到无所适从的时候，不妨用头脑中的打印机，把这张纸无形地打印出来。也许，奇迹就会发生，你的答案也就顺滑地诞生出来了。

你的选择是窥破内心的侦察兵

也许有人会问，究竟剩下哪一样东西才是正确的呢？排列顺序有没有最终的正确答案？从某种意义上说，心灵游戏都是没有答案的游戏。你按照你的思维逻辑和价值观的选择，做出了你的排列组合，只要不妨害他人，就没有对错之分，只有真实与虚伪、清晰与混乱、和谐与纷杂的区别。

我看过很多人的答案，在感谢他们对我信任的同时，也惊讶那些结果竟是高度一致。大家写下的大都是“亲情、友情、爱情、健康、快乐”，在删涂的过程中，顺序有所不同，留在最后的，以上五样当中每一样都有。

当然也有例外。

如果你最后剩下的是“钱”，那么你也就不必为对爱情、友情、亲情诸如此类情感的向往长吁短叹了，因为你不曾把它们保留到最后，所以你也就享受不到它们回馈你的润泽温暖和隽永香气。你早早就抛弃了的东西，怎能指望它们在你困窘的时候伴随身边？你周遭总是聚集着见利忘义、落井下石的酒肉之交，请你不要抱怨命运的戏弄。钱在给予你种种便利的时候，也是招引苍蝇的蜂蜜。如果你爱的人在你最需要的时刻，扬长而去，请你不要为人世的薄情愤怒。当你把钱当成至高向往的时候，与你打交道的人也遵循对等的法则。在你兴盛发达时，灯红酒绿，无数宾朋环绕着你，请不要得意忘形，因为他们瞄准的可能是你口袋中的金条，而非你这个人。假如千金散尽，他们作鸟兽散，也是情理之中的事。

值得庆幸，也值得惊讶的是，这个游戏，在无数张留下字迹的白纸中，竟没有一个人是把“金钱”保留到最后一项的，甚至保留到最后三样两样时的比例，也是出乎意料的少。我曾百思不解，现实中有太多的利欲熏心，为了金钱不惜毁弃一切，真正到了神清气爽，认真思索什么是你生命中最重要的东西时，几乎所有的人都把金钱抛掉了。

生活就是这样会捉弄人。南辕北辙的事，俯拾皆是。我们最终的目标不是最多的金钱，而是最大的幸福。

幸福和金钱有关联，但绝不成比例。

如何让幸福溢满心间，这是一门艺术。

所有的决定都必有取舍，有取舍就会有痛苦，世上没有万全之策。

所有的决定都包含放弃，你不可能占尽便宜。当你明确了什么是生命中最重要的东西，依次明晰了重要事项的次序时，剩下的就是按图索骥。有人会说，我的重要之物会不会变化呢？世上没有绝对不变的事物，从这个角度来说，“我的五样”是会变化的。但对一个成年人来说，你的世界观基本定型，你已是一个稳定的系统。很难想象太阳系会秩序大乱，冥王星站到了火星的旁边。不信，综观你所做过的决定，它都有模式可循，它是直觉加预想还有价值观综合决定的。游戏就像一个小小侦察兵，帮你探查自己的价值观，现在，它把报告送上来了。

有人说，我已知道了自己的五样，能告诉我别人的五样是什么吗？

有一位数学老教授，他最后留下的那一样，竟然是动物。一只什么动物呢？如果是熊猫或是孔雀，或许还可理解，但他写下的是“猪”！我惊讶极了。猪，在一般人眼里，肮脏、笨拙、懒惰，居然成了这位有着高深学养的知识分子的至爱，这其中有着怎样的逻辑和故事？

面对众人的愕然，老教授解释说，我从来没有做过游戏，你知道，对于一个严谨的科学家来说，游戏是幼儿园小朋友的活动。这个游戏，让我想起了痛苦的往事。“文化大革命”当中，我被打成了“资产阶级反动学术权威”，白天批斗不止，晚上关进牛棚，受尽折磨。后来被发配到边疆劳动，分配我到山上放几十头猪。造反派恶狠狠地对我说，如果你弄丢了一头猪，或是猪跑了猪瘦了猪病了猪死了，你都得以命相抵。我的妻子为了不受牵连，和我离了婚，孩子也和我划清了界限，不认我这个爸爸。每天，我在山坡上孤独地和一群猪在一起，从清晨到黄昏，无数次清点猪的数目，抚摸猪的皮毛，看它们会不会走丢或生病。白天，只有猪吃饱了，我才敢咽下冷糙的干粮；夜里，只有猪打起呼噜，我才能闭上眼睛。慢慢地，我和猪有了很深的感情，在这个风雨飘摇的世界上，只有它们不歧视我，不打我不骂我不侮辱我，它们那么善良和老实，从不会欺骗我揭发我，也不会弃我而去。从那时起，在我心中，猪比我的妻儿更重要。猪甚至比我的事业我的理想更重要。丢了猪，我的命不保了，还奢谈什么事业、理想？有猪就有一切，所以我要留下“猪”。猪比人仁义可信，不搞打砸抢，不搞逼供信，不会背叛，没有阴谋，你说我这最后一样不留下猪还留下什么？！

面对发苍苍目茫茫的数学教授，大家不知说什么好。是的，猪在这里不再是不会说话的动物，而意味着良知和安全，代表着友谊和信任。在这样东西里，凝固着世事炎凉，也凸现着教授对正义和温情的渴望。

还有一位很有业绩的女企业家，她把答完的纸放在我面前，然后用右手食指竖在口唇边说，你千万不要吃惊。

她告诉我，第一个放弃的是丈夫，最后保留下的是儿子。她说，我想问问您，在这个游戏中，男人们是不是很快就把自己的妻儿放弃了？

我说，有这样的人。但也有把妻儿一直保留到最后的男人。

女企业家说，我有一个古老的问题，也是热恋中的男人和女人常常争辩的问题，就是，如果妻子和父母都落在水里的时候，你先救谁？我知道有很多恋人就是因为这个两难的问题而分手了。您的游戏能解决这个难题吗？

我说，也许能。因为，如果一个男人把他的父母保留到最后，那你就可以判定，他父母的期望和意志将极大地影响到他的选择方向。不能说这对还是不对，只是他的女友对这一点要有充分估计，包括必要时要去了解他父母的为人和性格。新婚之夜，躺在婚床上的，将不仅仅有新婚的夫妻，还有隐身的公婆大人。如果你爱这样的丈夫，请做好足够的思想准备。在分歧的时候，你可能需要更多地妥协和退让。如果你不接纳这种委曲求全，就要更慎重地思考你的决定。

女企业家听到这里，说，不说别人了，就说我自己吧。我早早放弃了丈夫，是因为他根本就不爱我。

我说，对一个不爱你的人，放弃不是错误。

女企业家又说，把孩子保留到最后，是不是很愚蠢？

我说，我也是母亲，尊重这种选择。

女企业家说，可我还是不明白，就算排出了这种顺序，和我的实际生活有什么关系呢？

我说，我试着解读一下，不一定对，说错了请你原谅。丈夫在你的生活里还占据着相当重要的地位，五样之中居一席，我猜你现在还维持着自己的婚姻，虽然已经没有了爱。如果你丈夫和你后面划去的那几项事物，有了更大的冲突，你会首先放弃他，郑重地考虑离婚。既然你把孩子放在最最重要的地位，那你在做一切选择的时候，都会把他的利益放在第一。

我的话还没说完，女企业家就高声叫起来：我明白我要做什么啦！最近公司跟我商讨到外地出长差，待遇十分优厚。我一时拿不定主意，去还是不去。孩子正要中考，迫切需要家长扶一把。我原想到外地去挣钱多，给孩子多攒下一点家当，日后对他会有帮助。这个游戏一做，我明白了，孩子对我是最重要的，他正在节骨眼上，我不能以种种理由溜到别处。对孩子来说，钱不是最重要的，母亲的支持和鼓励更胜过金钱。给他留下金山银山，不如留下面对考验时的经验和勇气。长差我不去了，给多少钱也不去。

遇到难以做出的决定，请想想你的五样

现在，让我把女子监狱的故事讲完。没有纸笔，就请大家把自己的头脑想象成一张白纸，依次写出自认为最宝贵的五样东西。我面对着台下那一方又一方的“灰蓝色手绢”说，大家心目中留下的最后一样东西到底是什么，我不知道。咱们条件所限，也没法互相交流。我做一个大胆的猜测：这最后一样东西，不是罪恶，不是丑陋，而是温暖柔和快乐明亮的东西。我相信这一点，就像相信太阳是从东方升起，即使是在这高墙之内。

说完这些话，我正要宣布游戏结束，一旁的领导把麦克风拨了过去。他说，我来补充两句。刚才这个游戏，毕老师让大家闭上眼睛做，我没有闭上眼睛。为什么？因为我的工作职责就是瞪大了眼睛盯着你们。我睁着眼睛也完成了游戏。我最后保留下来的东西是什么，我可以告诉大家，这就是我的工作。我的工作就是看守你们。我热爱我的工作。我还想起了以前的革命烈士，比如江姐。如果让她来做这个游戏，她最后一样会留下什么东西呢？我相信她会留下自己的信仰和理想，那就是为共产主义而奋斗。为了这个崇高的信念，她不惜牺牲自己的生命，这就是英烈们的伟大之处。扯远了，回到这个游戏当中来。刚才你们最后留下的是什么，毕老师说她不知道。我也不知道毕老师是真不知道还是拘着面子，给你们留个尊严。我想，你们留下的那最后一样，大概是自由。对，没错，就是自由，肯定是自由。为什么把你们关在大墙之内？是你们曾经因为自己的罪行，破坏了别人的自由。你们被关在这里，正是为了让社会更安全和更自由。自由是个好东西，你们此时此刻一定格外珍惜它。那么，我希望你们能够记住这个游戏，记住你最宝贵的东西是什么，然后以实际行动，来实现自己美好的愿望。

我不知道监狱让不让鼓掌，反正那一天我没有听到掌声，大家都被这番话震慑住了。后来，我收到了来自女子监狱的一封信。她说，落雪那天的游戏像第二次审判，永远烙在了她的记忆中。

至于那位总裁最后一样留下的是什么，又为什么要如此保密，我不知道，只知道他后来到大学教书去了。

这个游戏做完之后，你可以和自己的丈夫、妻子或是父母、好友分享。当然，要是你在游戏的过程中，早早地就把配偶的姓名涂掉了，此举就要小心点了。其实，如实告知也没有什么了不起的，这就是一个真实的你和一个真实的顺序。最残酷的真实也比最美丽的虚幻好。

价值观会深深地影响人，人们会为实现价值去死，去杀人，去牺牲，去奋斗。人们会为骄傲和自尊放弃对生命的爱，人们会为自豪和荣誉而献身，人们会为正直的名声和慈悲的心肠而放弃财富。当人们采取行动的时候，典型的做法是为了实现无形的价值。假如一个人非常重视安全，害怕挑战，这个人就会为了实现这个价值，而多年从事非常低微的工作，自得其乐。把刺激看得很重的人，就会甘愿为了实现这个价值去拿生命做冒险，从事极富挑战和危险的工作。

遇到难以做出的决定，请想想你的五样。心理健康的人不是没有问题，而是他能有效地解决问题。尽量使你的决定和你的价值观相吻合，这是心灵健康的不二法门。

也许有人会说，你讲了这么半天，你的五样到底是什么，能不能让我们知道啊？我曾经写过一篇散文，题目就叫《毕淑敏的五样》，收在附录中，与大家分享。

Another cup of coffee?

还要再来一杯咖啡吗？还有新鲜的水果塔……

游戏二：谁是你的重要他人？

Game 2: Who are Your Significant Others?

和谐的人格不是从天上掉下来的，而是和深刻的内省有关。

告诉缺水的人哪里有水源，

告诉寒冷的人哪里有篝火，

告诉生病的人哪里有药草，

告诉饥饿的人哪里有野果，

这些都是天下最好的礼物。

毕淑敏的重要他人

Bi Shumin's Growth Course

做完了第一个游戏，是不是觉得有些累？自派侦察兵窥破内心，这不是一件轻松的工作。第二个游戏，程序上相对简单一点，但分量也不轻，游戏名字叫作“谁是你的重要他人”。

有人会问，什么叫“重要他人”？

“重要他人”是一个心理学名词，意思是在一个人心理和人格形成的过程中，有过巨大的影响，甚至是起到决定性作用的人物。

“重要他人”可能是我们的父母长辈，或者是兄弟姐妹，也可能是我们的老师，抑或萍水相逢的路人。童年的记忆遵循着非常玄妙神秘的规律，你着意要记住的事情和人物，很可能湮没在岁月的灰烬中，但某些特定的人和事，却挥之不去，影响我们的一生。如果你不把它们寻找出来，并加以重新的认识和把握，它就可能像一道符咒，在下意识的海洋中潜伏着，影响潮流和季风的走向。你的某些性格和反应模式，由于“重要他人”的影响，而被打上了深深的烙印。

这段话有点拗口，还是讲个故事吧。故事的主人公是我和我的“重要他人”。

她是我的音乐老师，那时很年轻，梳着长长的大辫子，有两个漏斗一样深的酒窝，笑起来十分清丽。当然，她生气的时候酒窝隐没，脸绷得像一块苏打饼干，木板样干燥，很是严厉。那时我大约十一岁，个子长得很高，是大队委员，也算个孩子里的小官，已有很强的自尊心和虚荣心了。

学校组织“红五月”歌咏比赛，要到中心小学参赛，校长很重视，希望歌咏队能拿好名次，为校争光。最被看好的是男女小合唱，音乐老师亲任指挥，每天下午集中合唱队的同学们刻苦练习。我很荣幸被选中，每天放学后，在同学们羡慕的眼光中，走到音乐教室，引吭高歌。

有一天练歌的时候，长辫子的音乐老师，突然把指挥棒一丢，一个箭步从台上跳下来，东瞄西看。大家不知所以，齐刷刷闭了嘴。她不耐烦地说，都看着我干什么？唱！该唱什么唱什么，大声唱！说完，她侧着耳朵，走到队伍里，歪着脖子听我们唱歌。大家一看老师这么重视，唱得就格外起劲。

长辫子老师铁青着脸转了一圈儿，最后走到我面前，做了一个斩钉截铁的手势，整个队伍瞬间安静下来。她叉着腰，一字一顿地说，毕淑敏，我在指挥台上总听到一个人跑调儿，不知是谁。我走下来一个人一个人地听，总算找出来了，原来就是你！一颗老鼠屎坏了一锅汤！现在，我把你除名了！

我木木地站在那里，无法接受这突如其来的打击。刚才老师在我身旁停留得格外久，我还以为她欣赏我的歌喉，唱得分外起劲，不想却被抓了个“现行”。我灰溜溜地挪出了队伍，羞愧难当地走出教室。

那时的我，基本上还算是一个没心没肺的女生，既然被罚下场，就自认倒霉吧。我一个人跑到操场，找了个篮球练起来，给自己宽心道，嗨，不要我唱歌就算了，反正我以后也不打算当女高音歌唱家。还不如练练球，出一身臭汗，自己闹个筋骨舒坦呢！（嗨！小小年纪，已经学会了中国小老百姓传统的精神胜利法。）这样想着，幼稚而好胜的心也就渐渐平和下来。

三天后，我正在操场上练球，小合唱队的一个女生气喘吁吁跑来说，毕淑敏，原来你在这里！音乐老师到处找你呢！

我奇怪地说，找我干什么？

那女生说，好像要让你重新回队里练歌呢！

我挺纳闷，不是说我走调厉害，不要我了吗？怎么老师又改变主意了？对了，一定是老师思来想去，觉得毕淑敏还可用。从操场到音乐教室那几分钟路程，我内心充满了幸福和憧憬，好像一个被发配的清官又被皇帝从边关召回来委以重任，要高呼“老师圣明”了（那会正是瞎翻小说，胡乱联想的年纪)。走到音乐教室，我看到的是挂着冰霜的“苏打饼干”。长辫子老师不耐烦地说，毕淑敏，你小小年纪，怎么就长了这么高的个子？!

我听出话中的谴责之意，不由自主就弓了脖子塌了腰。从此这个姿势贯穿了我整个少年和青年时代，我总是略显驼背。

老师的怒气显然还没发泄完，她说，你个子这么高，唱歌的时候得站在队列中间，你跑调儿走了，我还得让另外一个男生也下去，声部才平衡。人家招谁惹谁了？全叫你连累的，上不了场!

我深深低下了头，本来以为只是自己的事，此刻才知道还把一个无辜者拉下水，实在无地自容。长辫子老师继续数落，小合唱本来就没有几个人，队伍一下子短了半截，这还怎么唱？现找这么高个子的女生，合上大家的节奏，哪那么容易？现在，只剩下最后一个法子了……

老师看着我，我也抬起头，重燃希望。我猜到了老师下一步的策略，即便她再不愿意，也会收我归队。我当即下决心要把跑了的调儿扳回来，做一个合格的小合唱队员!

我眼巴巴地看着长辫子老师，队员们也围了过来，在一起练了很长时间的歌，彼此都有了感情。我这个大嗓门儿走了，那个男生也走了，音色轻弱了不少，大家也都欢迎我们归来。

长辫子老师站起来，脸绷得好似新纳好的鞋底。她说，毕淑敏，你听好，你人可以回到队伍里，但要记住，从现在开始，你只能干张嘴，绝不可以发出任何声音！说完，她还害怕我领会不到位，伸出颀长的食指，笔直地挡在我的嘴唇间。

我好半天才明白了长辫子老师的禁令：让我做一个只张嘴不出声的木头人。泪水憋在眼眶里打转，却不敢流出来。我没有勇气对长辫子老师说，如果做傀儡，我就退出小合唱队。在无言的委屈中，我默默地站到了队伍中，从此随着器乐的节奏，口形翕动，却不得发出任何声音。长辫子老师还是不放心，只要一听到不和谐音，锥子般的目光第一个就刺到我身上……

小合唱在"红五月"歌咏比赛中拿了很好的名次，只是我从此遗下再不能唱歌的毛病。毕业的时候，音乐考试是每个学生唱一支歌，但我根本发不出自己的声音。音乐老师已经换人，并不知道这段往事，她很奇怪，说，毕淑敏，我听你讲话，嗓子一点毛病也没有，怎么就不能唱歌呢？如果你坚持不唱歌，你这一门没有分数，你不能毕业。

我含着泪说，我知道。老师，不是我不想唱，是我真的唱不出来。老师看我着急成那样，料我不是成心捣乱，只得特地出了一张有关乐理的卷子给我，我全答对了，才算有了这门课的分数。

后来，我报考北京外语学院附中，口试的时候，又有一条考唱歌。我非常决绝地对主考官说，我不会唱歌。那位学究气的老先生很奇怪，问，你连《学习雷锋好榜样》也不会？那时候，全中国的人都会唱这首歌，我要是连这也不会，简直就是白痴。但我依然很肯定地对他说，我不唱。主考官说，我看你胳膊上戴着三道杠，是个学生干部。你怎么能不会唱？当时我心里想，我豁出去不考这所学校了，说什么也不唱。我说，我可以把这首歌词默写出来，如果一定要测验我，就请把纸笔找来。那老人居然真的去找纸笔了……我抱定了被淘汰出局的决心，拖延时间不肯唱歌，和那群严谨的考官们周旋争执，弄得他们束手无策。没想到发榜时，他们还是录取了我。也许是我一通胡搅蛮缠，使考官们觉得这孩子没准以后是个谈判的人才吧。入学之后，我迫不及待地问同学们，你们都唱歌了吗？大家都说，唱了啊，这有什么难的。我可能是那一年北外附中录取新生中唯一没有唱歌的孩子。

在那以后几十年的岁月中，长辫子老师那竖起的食指，如同一道符咒，锁住了我的咽喉。禁令铺张蔓延，到了凡是需要用嗓子的时候，我就忐忑不安，逃避退缩。我不单再也没有唱过歌，就连当众发言演讲和出席会议作必要的发言，都会在内心深处引发剧烈的恐慌。我能躲则躲，找出种种理由推托搪塞。会场上，眼看要轮到自己发言了，我会找借口上洗手间溜出去，招致怎样的后果和眼光，也完全顾不上了。有人以为这是我的倨傲和轻慢，甚至是失礼，只有我自己才知道，是内心深处不可言喻的恐惧和哀痛在作祟。

直到有一天，我在做“谁是你的重要他人”这个游戏时，写下了一系列对我有重要影响的人物之后，脑海中不由自主地浮现出了长辫子音乐老师那有着美丽的酒窝却像铁板一样森严的面颊，一阵战栗滚

毕淑敏的成长课

拥有的都是侥幸
失去的都是人生

Bi Shumin's Growth Course

人生太苦
所以我需要一些甜

Bi Shumin's
Growth Course

毕 淑 敏 的

一碗孤独的白粥在怀念外婆做的酸萝卜

Bi Shumin's Growth Course

午后柠檬茶和蛋挞比较搭
你的微笑和我的沉默比较搭

毕 淑 敏 的

痛出来的华丽才能颠倒众生

Bi Shumin's Growth Course

最合适的花香一朵就够

Bi Shumin's Growth Course

毕淑敏的

天堂和地獄都在人间

Bi Shumin's
Growth Course

真能下决心追逐梦想
最差的结果
也不过是大器晚成

过心头。于是我知道了，她是我的“重要他人”。虽然我已忘却了她的名字，虽然今天的我以一个成人的智力，已能明白她当时的用意和苦衷，但我无法抹去她在一个少年心中留下的惨痛记忆。烙红的伤痕直到数十年后依然冒着焦煳的青烟。

弗洛伊德精神分析学派认为，即使在那些被精心照料的儿童那里，也会留下心灵的创伤。因为儿童智力发展的规律，当他们幼小的时候，不能够完全明辨所有的事情，以为那都是自己的错。

说到这里，我猜聪明的你，已经明了了这个游戏的做法。

请在一张白纸上，写下“××× 的重要他人”，这个“×××”当然就是你的名字。然后，另起一行，依次写下“重要他人”的名字和他们入选的原因，这个游戏就完成了。

My Significant Others

你是否期望，自己的名字正在被别人写在这张纸上？

重要他人的强大力量

Bi Shumin's Growth Course

步骤只有一、二，它所惊扰的断层却常常引发剧烈的地震。

孩子的成长，首先是从父母的瞳孔中确认自己的存在。他们稚弱，还没有独立认识世界的能力。如同发育时期的钙和鱼肝油会进入骨骼一样，“重要他人”的影子也会进入儿童的心理年轮。“重要他人”说过的话，做过的事，他们的喜怒哀乐和行为方式，会以一种近乎魔法的力量，种植在我们心灵最隐秘的地方，生根发芽。

在我们身上，一定会有“重要他人”的影子。

美国有一位著名的电视主持人，叫作奥普拉·温弗瑞。2003 年，她登上了《福布斯》身家超过十亿美元的“富豪排行榜”，成为黑人女性获得巨大成功的代表。

父母没有结婚就生下了她，她从小住的房子连水管都没有。一天，温弗瑞正躲在屋角读书，母亲从外面走进来，一把夺下她手中的书，破口大骂道，你这个没用的书呆子，把你的屁股挪到外面去！你真的以为你有什么了不起？你这个白痴！

温弗瑞九岁就被表兄强奸，十四岁怀了身孕，孩子出生后就死了。温弗瑞自暴自弃，开始吸毒，然后又暴饮暴食，吃成了一个大胖子，还曾试图自杀。那时，没有人对她抱有希望，包括她自己。就在这时，她的生父对她说：有些人让事情发生，有些人看着事情发生，有些人连发生了什么都不知道。

极度空虚的温弗瑞开始挣扎奋起，她想知道自己的生命中究竟有些什么样的事情会发生。她要顽强地去做“让事情发生的人”。大学毕业之后，她获得了一个电视台主持人的位子，1984 年，她开始主持《芝加哥早晨》的节目，大获成功，在很短的时间里成为全美收视率最高的节目。她开始发动全国范围内的读书节目，她对书的狂热热爱和她的影响力，改变了很多书的命运。只要她在自己的脱口秀节目里对哪本书给予好评，那本书的销量就会节节攀升。

温弗瑞成立了自己的公司，创办了畅销杂志，还参股网络公司。她乐善好施的名声和她的节目一样响亮。她每年把自己收入的百分之十用来做慈善捐助。这个温弗瑞亲手推动了太多的事情发生！她认为这主要来源于父亲的那一句话。

如果让温弗瑞写下她的“重要他人”，温弗瑞的父亲一定是当之无愧。他不但给予了温弗瑞生命，而且给予了她灵魂。温弗瑞的母亲也算一个。她以精神暴力践踏了幼小的温弗瑞对书籍的热爱，潜藏的愤怒在蛰伏多年之后变成了不竭的动力，使成年以后的温弗瑞，以极大的热情投入到和书籍有关的创造性劳动之中，她不但自己读了大量的书，还不遗余力地把好书推荐给更多的人。那个侮辱侵犯了温弗瑞的表哥，也要算作她的“重要他人”，这直接导致了温弗瑞的巨大痛苦和放任自流，也在很多年后，主导了温弗瑞执掌财富之后，把大量的款项用于慈善事业，特别是援助儿童和黑人少女。

看，“重要他人”就是如此影响生活和命运。

美国通用电气公司的 CEO 杰克 · 韦尔奇，被誉为全球第一 CEO。在短短二十年里，韦尔奇使通用电气的市值增加了三十多倍，达到了四千五百亿美元，排名从世界第十位升到了第二位。韦尔奇说，母亲给他的最伟大的礼物就是自信心。韦尔奇从小就口吃，就是平常所说的“结巴”。在大学读书的时候，每逢星期五，天主教徒是不准吃肉的，所以在学校的餐厅里，韦尔奇经常会点一份烤面包夹金枪鱼。奇怪的是，女服务员端上来的都是两份。为什么呢？因为韦尔奇结巴，总是把这份食谱的第一个单词重复一遍，服务员就听成了“两份金枪鱼”。

面对这样一个吭吭哧哧的孩子，韦尔奇的母亲居然找出了完美的理由。她对幼小的韦尔奇说：“这是因为你太聪明了，没有任何一个人的舌头，可以跟得上你这样聪明的脑袋。”

韦尔奇记住了母亲的这种说法，从未对自己的口吃有过丝毫的忧虑。他充分相信母亲的话，他的大脑比他的舌头转得更快。母亲引导着韦尔奇不断进取，直到他抵达辉煌的顶峰。母亲是韦尔奇的“重要他人”。

再讲一个苹果的故事。正确地说，是两个苹果的故事。一位妈妈有两个孩子，拿出两个苹果。苹果一个大一个小，妈妈让两个孩子自己来挑，大儿子很想要那个大苹果，正想着怎么说才能得到这个苹果，弟弟先开了口，说，我想要大苹果。妈妈呵斥道，你想要大的苹果，你不能说。这个大儿子灵机一动，改口说，我要这个小苹果，大苹果就给弟弟吧。妈妈说，这才是好孩子。于是，妈妈就把小苹果给了小儿子，大儿子反倒得到了又红又大的苹果。大儿子从妈妈这里得到了一条人生的经验：你心里的真心话不可以说，你要把真实掩藏起来。后来，这个大儿子就把从苹果中得到的道理应用于自己的生活，见人只说三分话，耍阴谋使诡计，巧取豪夺，直到有一天把自己送进了监狱。这位成了犯人的大儿子，如果写下自己的“重要他人”，我想他会写下妈妈和这个大苹果。

还有一位妈妈，有一篮苹果和一群孩子，也是人人都想得到大苹果。妈妈把苹果拿到手里，说，苹果只有一个，你们兄弟这么多，给谁呢？我把门前的草坪划成了三块，你们每人去修剪一块草坪。谁修剪得又快又好，谁就能得到这个大苹果。

众兄弟中的老大得到了红苹果。他从中悟出的生活哲理是——享受要靠辛勤的劳动换取。这个信念指导着他，直到他最后走进了白宫，成为著名的政治家。如果由他来写下自己的“重要他人”，妈妈和大苹果也会赫然在目。

抚平心灵创伤的温暖之手

看了以上的例子，你是不是对“重要他人”的重要性有了进一步的认识？也许有的人会说，我儿时的记忆早已模糊，可不记得什么他人不他人的了。我现在的所作所为，都是我自己决定的，和其他人没关系。

这个说法有一定的道理，在我们的意识中，很多决定的确是经过仔细思考才做出的。但人是感情动物，情绪常常主导着我们的决定。而情绪是怎样产生的呢？这也和我们与“重要他人”的关系密切相关。

有一位著名的心理学家，叫作艾利斯，他认为，人的非理性信念会直接影响一个人的情绪，使他遭受困扰，导致人的很多痛苦。比如，有的人绝对需要获得周围环境的认可，特别是获得每一位“重要他人”的喜爱和赞许，其实这是不可能实现的事。有人就是笃信这个观念，把它奉作真理，千辛万苦，甚至委屈自己来取悦“重要他人”，以后还会扩展到取悦更多的人，甚至所有的人，以得其赞赏。结果呢，达不到目的不说，还令自己沮丧失望，受挫和被伤害。

传统脑神经学认为，每一种情绪都是经过人脑的分析才做出反应，但近年来，美国的神经科学家却找到了情绪神经传输的栈道。通过精确的研究，科学家们发现，有部分原始的信号，是直接从人的丘脑运动中枢，引起逃避或是冲动的反应，其速度极快，大脑的分析根本来不及介入。大脑里，有一处记忆情绪经验的地方，叫作杏仁核，它将我们过去遇见事情时的情绪、反应记录下来，好像一个忠实的档案保管员。在以后的岁月中，只要一发生类似事件，杏仁核就会越过大脑的理性分析，直接做出反应。

真是“成也萧何，败也萧何”。杏仁核这支快速反应部队，既帮助我们在危机的时刻，成功地缩短应对时间，保全我们的利益，也会在某些时候形成固定的模式，贻误我们的大事。

杏仁核里储存的关于情绪应对的档案资料，不是一时一刻积存的。“重要他人”为什么会对我们产生那么重要的影响，我猜想关于“重要他人”的记忆，是杏仁核档案馆里使用最频繁的卷宗。往事如同拍摄过的底片，储存在暗室，一有适当的药液浸泡，它们就清晰地显影，如同刚刚发生一般，历历在目，相应的对策不经大脑筛选已经完成。

魔法可以被解除。那时你还小，你受了伤，那不是你的错。但你的伤口至今还在流血，你却要自己想法包扎。如果它还像下水道的出口一样嗖嗖地冒着污浊的气味，还对你的今天、明天继续发挥着强烈的影响，那是因为你仍在听之任之。童年的记忆无法改写，但对一个成年人来说，却可以循着“重要他人”这条缆绳，重新梳理我们和“重要他人”的关系，重新审视我们的规则和模式。如果它是合理的，就变成金色的风帆，成为理智的一部分。如果它是晦暗的荆棘，就用成年人有力的双手把它粉碎。这个过程不是一蹴而就，有时自己完成力不从心，或是吃力和痛苦，还需要借助专业人士的帮助，比如求助于心理咨询师。

也许有人会说，“重要他人”对我的影响是正面的，正因为心中有了他们的身影和鞭策，我才取得了今天的成绩。这个游戏，并不是要把“重要他人”像拔萝卜一样连根揪出来，然后与之决裂。对我们有正面激励作用的“重要他人”，已经成为我们精神结构的一部分。他们的期望和教诲已化成了我们的血脉，我们永远不会丢弃对他们的信任和仁爱。但我们不是活在“重要他人”的目光中，而是活在自己的努力中。无论那些经验和历史多么宝贵，对于我们来说，已是如烟往事。我们是为了自己而活着，并为自己负起全责。

经过处理的惨痛往事，已丧失实际意义上的控制魔力。长辫子老师那句“你不要发出声音”的指令，对今天的我来说，早已没有辖制之功。

就是在最饱含爱意的环境中长大的孩子，也会存有心理的创伤。

寻找我们的“重要他人”，就是抚平这创伤的温暖之手。

当我把这一切想清楚之后，好像有热风从脚底升起，我能清楚地感受到长久以来禁锢在我咽喉处的冰霜噼噼啪啪地裂开了，一个轻松畅快的我，从符咒之下解放了出来。从那一天开始，我可以唱歌了，也可以面对众人讲话而不胆战心惊了。从那一天开始，我宽恕了我的长辫子老师，并把这段经历讲给其他老师听，希望他们面对孩子稚弱的心灵，该是怎样的谨慎小心。童年时被烙印下的负面情感，难以简单地用时间的橡皮轻易地擦去。这就是心理治疗的必要所在。和谐的人格不是从天上掉下来的，而是和深刻的内省有关。

告诉缺水的人哪里有水源，告诉寒冷的人哪里有篝火，告诉生病的人哪里有药草，告诉饥饿的人哪里有野果，这些都是天下最好的礼物。

如果让我选出自己最喜欢的游戏，我很可能要把票投给“谁是你的重要他人”。感谢这个游戏，它在某种程度上修改了我的人生。人的创造和毁灭都是由自己完成的，人永远是自己的主人。即使当他在最虚弱最孤独的时候，他也是自己的主人。当他开始反省自己的状况，开始辛勤地寻找自己的生命所依据的法则时，他就变得渐渐平静而快乐了。

Bi Shumin's
Growth Course

做完游戏，抬头看看墙上的那幅画，

今晚是否尤其灵动？

游戏三：我是一个怎样的人？

Game 3: Autognosis

爱自己的能力，加上爱生命和爱他人的能力，

并且完全接受“人是不能永远存活于世的”这一事实，

这就是幸福的基础。

要想保持心灵健康平和，

重要的原则就是对那些我们所不能改变的事物安然接纳。

如果你经常扭曲自己，让真实的自己躲藏起来，

企图用假象蒙蔽你周围的人，那么，你伪装得越像，

你付出的代价就越多。

认识自己是幸福的基础

Bi Shumin's Growth Course

我是谁?

一个古老的问题。原始人在集体捕获了一只大动物分而食之、吃饱喝足之后，面对浩瀚星空无边宇宙，一定会怅然思索这个问题。现代文明的一个“好处”，就是把人禁锢在城市里，用水泥和人造灯火，把目光和星空、远山隔绝开来，把这个充满惆怅和苍凉的问题，藏到冰箱的冷藏室和汽车的后备厢里。不到停了电储物腐败或轮胎爆了抛锚路边的时候，我们很难发觉它。这是现代人的进步，也是现代人的悲哀。我们得以躲在灯红酒绿的城堡中，躲避日日夜夜面对大自然时的渺小感，穿着莱卡的灵魂逃避了拷问，得以浑浑噩噩混到终点，失去了反思和警醒的契机，猛然回首，时间的桑叶已被年龄的毛虫蛀空大半，却并没有蚕丝的光泽闪现。

我和同道们办了一个心理咨询中心，在宁静的春草绿色墙壁的咨询室里，接待过很多来访者。常有报社记者坐在米色的沙发上，好奇地问，你们平日就是在这里做咨询吗？我回答，是啊。记者接着问，能把发生的故事讲给我听听吗？我说，不行。心理咨询专业守则有很严格的规定，不可将来访者的任何信息泄漏出去。锲而不舍是记者的特性，他们会绕着圈子问，到这儿来的是男人多还是女人多啊？哪个年龄段的人最多啊？最小的是几岁就来咨询啊？最大年纪的人高寿啊……我理解他们的好奇心，但坚守无可奉告的原则。有一个问题是例外，那就是记者问道，人们谈论最多的问题是什么？是情感方面的，还是人际关系？再不就是事业发展方面的问题？

每到这时，我会非常肯定地回答，在这间咨询室里，心理咨询师和来访者们谈论最多的问题，是一个古老的哲学问题——人活着的意义是什么？

记者们通常会把眼睛瞪得溜圆，在他们以为会听到缠绵悱恻的情爱故事或是惊世骇俗的传奇经历的地方，却是如此坚硬冷峻的内核。

如果咨询室的米黄色沙发有知，它一定会做证，说这是千真万确的事实。日常生活中的种种烦恼，看似五花八门，根源往往是个非常基本的问题，就是，你如何看待自己？如何看待别人？如何看待世界？最简单的东西常常是最难的东西。

爱自己的能力，加上爱生命和爱他人的能力，并且完全接受“人是不能永远存活于世的”这一事实，这就是幸福的基础。然而，地图并不等于就是领土。你意识到了幸福的重要，和你能把握它之间，还有漫长的距离。

一个自尊的人，一个自信的人，一个有安全感的人，他在人际交往中是自然的、开放的、坦诚的、透明的。一个自卑、狭隘、封闭、懒惰、妒忌、多疑的人，你能想象他可以和别人友好相处，谈笑风生吗？他可以欣赏到大自然的美丽，并为了让这个世界更美丽而贡献出毕生的心血吗？

答案基本是否定的。

我是谁？这是一个充满了思辨和叩问的永恒话题。中国有句古话，叫作“人贵有自知之明”，这个“贵”字，不单是宝贵，而且是稀少，物以稀为贵嘛！睫在眼前最难见，人短于自知。

真实的我，理想的我，别人眼中的我

Bi Shumin's Growth Course

这个游戏就是针对你是如何看待自己而设计的。本来可以事先画好表格，方便使用。但我更想用大脑和手指的协调动作，来完成这张表格。

书写不仅仅是腕掌劳动，更是一个沉思的旅程。

你亲手画表，也许会和新鲜发现不期而遇。

请拿出一张白纸，把纸纵向均匀地折叠成四部分，形成比“川”字还多一竖的折痕。在纸最左侧那一列，写下“身高”两个字。

你一定大惑不解，说我做的是心灵游戏，和身高有什么关系？别着急，请把以下各项一一写出。

身高

体重

相貌

性别

性格

出身阶层

文化程度

人际关系

职业

配偶

家庭

收入

爱好

住宅面积

理想抱负

…………

你看着这一堆五花八门的栏目，很有点摸不着头脑。严格讲起来，这些栏目可能不那么合乎逻辑，也不够全面，请大家原谅。最后一条之后，留了一个省略号，就是给出你自己补充的空间。

左侧写满之后，请在白纸的上方从左至右写上：

真实的我　理想的我　别人眼中的我

好了，现在我们这张表的基本框架就出来了，剩下的事就是让你按照刚才列出的条目填上答案。具体填法，有两种形式：

一种是竖填，也就是说，先一鼓作气地填出真实的自己的情况。比如你是一位男士，身高一米七二，体重六十五公斤，相貌中等，出身阶层是职员，文化程度是大专毕业……填完了第一竖栏，你的大致情况就勾勒出来了。

然后再填右边的那一栏，就是“理想的我”，建议你也一气呵成。期冀自己怎样，就大大方方地写出来，不必担忧它是否可行。比如身高，你希望自己高大如 NBA 球星，不妨就写个一米九八，还觉不过瘾，填上两米二二也无妨。如果你期望窈窕如模特，也可以大胆设想身高一米七五,体重四十八公斤。至于相貌,可大笔一挥写上“刘德华”或“奥黛丽·赫本”。至于出身阶层,更可以写上“王室贵族”或是“亿万富翁”。总而言之，你曾怎样想过，就老老实实写出来。

不要嘲笑也不要批判自己，只要是真实的，就承认它有存在的合理性。

以下诸项，均照此办理，你的实际工作是个清洁工，但你期待自己有一天成为比尔 · 盖茨，可以，写上。你蜗居在大杂院，但你幻想住带泳池的花园别墅，没问题，写。你无权否定自己的想象。你的配偶貌不出众，但你期待娶世界小姐，也不必害羞。如果你的丈夫不过是小学教员，但你希望嫁给大学教授，也完全可以理解。

当你把这第二栏“理想的我”填完之后，就可以进入“别人眼中的我”这一部分了。这里的别人，指的是你在周围人群中的口碑。比如你知道自己内心经常忧郁而烦闷，但掩饰甚佳，周围的人都以为你快乐而开朗，请如实写下。这一栏，说简单也简单，因为像身高、体重这样的项目，别人眼中的你和实际的你，大概没有多少差别。但说复杂，也够难写的。不少人填到这一栏时，愁肠百结，一问，才知道，原来他并不知晓自己在他人眼中的印象。

还有一种是横填，可如下操作。以“收入”一项为例，先写上你的实际状况，比如“月薪两千元”，再移向右侧的那栏，即“理想的我”，你可以填上“月薪八千元”。至于“别人眼中的我”，也许因为你经常出手大方，仗义疏财，人家以为你的月薪起码五千元以上了。也许因为你要攒钱娶媳妇或做着轿车梦，省吃俭用，小气吝啬，别人还以为你收入只有一千块钱呢！

现在就可以开始做了。

如果你还是愿意轻松一点，填写一张现成的表格，请开始吧。

我是一个怎样的人？

	真实的我	理想的我	别人眼中的我
身高			
体重			
相貌			
性别			
性格			
出身阶层			
文化程度			
人际关系			
职业			
配偶			
家庭			
收入			
爱好			
住宅面积			
理想抱负			

悦纳不完美

Bi Shumin's Growth Course

估计刚开始填的时候，很多人都心不在焉，觉得很容易，填完之后，纵横一看，惊骇叹息的大有人在。

第一个感受是诧异。原来，我们每个人对自己的评价和自己的理想之间，竟有那么大的差距。百分之九十五以上的人都嫌自己的个子不够高，太胖或太瘦，相貌不够俊秀，出身不是名门望族……

归根到底一句话——你已拥有的，你不喜欢。

世上有一些事情可以改变，也有一些事情不能选择。

如何看待我们的外表和家庭出身这部分“天赐”的内容，对心理健康有举足轻重的影响。

谁都希望自己国色天香，英武过人，天资聪颖，出类拔萃。谁都希望噙着银勺子出世，一帆风顺，坐享其成……可惜这不符合事物发展规律，是一厢情愿的白日梦。

对于不能改变的事物，捶胸顿足、怨天尤人也于事无补。要想保持心灵健康平和，重要的原则就是对那些我们所不能改变的事物安然接纳。这不是消极的宿命，而是积极的达观和智慧。当我们承认自己的不完美，也接纳自己的不完美，坦然面对自己的不完美时，我们也会对他人的多样性有了更多的包容和欣赏。千万不要小看了接纳自己外表不完美这件事，它是接纳万物的门票。

有一个女生，从上到下无可挑剔地完美，发如黑瀑，眼如秋水，肤如冰雪，气质高雅。但我统计谁为自己的相貌自卑的时候，她高高地举起了手。后来，私下我问她，能不能具体地告诉我，到底对自己的哪一部分相貌不满意？她悄悄说，我有一颗牙齿长得不好看。我说，哪一颗？我怎么看不见？她用手指拨开嘴唇，用更低的声音说，是左边上牙的第六颗。我哭笑不得，说，要不是你告诉我，我就是在你对面凝望一百年，也不会看到这颗牙。她说，我知道一般人是看不到的，但我大笑的时候，会露出这颗牙。所以，我从小就不敢快乐地大笑。人家都以为是我孤傲，看不起人，哪知我心里的苦水。后来上了大学，我还是不敢笑，人家称我是“冰美人”，哪里是“冰”，骨子里还是因为这颗牙。后来找工作找爱人，都因为这颗牙，我受到的影响太大了！

2003年12月24日，中国外长李肇星走进新华网“发展论坛”聊天室，在一百零五分钟的时间里，两万七千名网友共问了李外长两千个问题。

其中有一位网友提问道:“如果别人说你的长相不敢恭维，你怎么想?”

李外长答复:“我的母亲不会同意这种看法。她是山东农村的一位普通妇女，曾给八路军做过鞋，她对我的长相感到自豪。我在美国俄亥俄大学演讲的时候，三千名学生曾经起立给我鼓掌达三分钟，如果我的工作使外国人觉得我的祖国是美好的，就是我的幸福和荣耀。当地的美国教授对我说，看起来，你看重的是自己的祖国，对自己看得很轻。这正如美国有句谚语，天使能够飞翔，是因为把自己看得很轻。”

对于李外长的长相，也有人赞赏有加。网友说:“虽然有人不恭维你的外表，但在我们女网友看来，你是特别有男人魅力的，在外交场合让我们看到了中国男人的阳刚之美。”

李外长回复:“你的话令我受宠若惊。在工作中我很少注意到自己的外表。”

出身阶层,也是一个敏感的话题。今天的价值体系在金钱冲击之下,发生了很多裂变。不要说出身工农，甚至传统的知识分子阶层，也成了被怜悯和嘲讽的对象。不可否认，今天很难找出哪个阶层是普遍受到人们的敬仰和爱戴的，于是，几乎所有的人都对自己的出身抱有某种程度的不满，希望能有更好的背景。

对于我们的自我评价，出身是一个非常重要的因素，关乎我们如何看待自己的根。

出身王族，也可能身败名裂。出身乞丐，也可以名垂千古。没有钱上学读书，只要努力，也不乏声名赫赫的大发明家。低贱和卑微，也能成为不懈努力的燃料，最后爆发出熊熊的火光。高贵和显赫，也能铺就懒惰和放荡的温床。

类似的例子，大家都耳熟能详，我就不详尽地列出了。

纽约曼哈顿区的泰来神父，经常到医院里为垂危的病人主持临终忏悔。当大限逼近的时候，一个黑人流浪歌手这样说："我喜欢唱歌，音乐是我的生命。我的愿望是唱遍美国，作为一个黑人，我实现了自己的这个愿望，我愉快地度过了我的一生，用歌声养活了我的六个孩子。我的生命就要结束了，但我死而无憾。"

泰来神父很吃惊，他认识这位流浪艺人，知道他所有的家当，就是一把吉他。每到一处，就是把帽子放在地上，开始唱歌，听凭人们放下小钱。

泰来神父还想起他为一位大富翁所做过的临终忏悔。那位富翁说："我喜欢赛车，我从小研究它们，改进它们，经营它们。一辈子都没有离开过它们。这种爱好与工作难分、闲暇与兴趣相结合的工作，让我非常满意。我还从中赚取了大量的钱，我没有什么要忏悔的。"

穷人和富人，居然有异曲同工的临终感言。他们对待生活和幸福的看法，也如此相似。那种看不起普通劳动者的思维，其实是"金钱至上"的侵袭所致。

拥抱真我，走向自尊自信自爱的人生

当你填完这张表，把它拿到光亮处细细看看，“理想的我”和“真实的我”，不相符合之处多吗？数一数到底有多少条？看看这些条款之中，有哪些是可以改变的？有哪些是不可更改的？对那些经过努力可以更改的，你将如何努力？改变的代价你能否承担？对那些不可改变的，今后你能否真正坦然笑纳？还要特别分析分析，“真实的我”和“别人眼中的我”，有多大差距？

一位优雅的女士在做这个游戏的时候，突然失声痛哭。她说，别人眼中的我和真实的我，实在是太不相同了！我问，到底是哪一条呢？

她回答说：是健康。

我大惑不解。健康这个东西比较外在，基本上一目了然，就算有些差池，也不致引起如此大的震动。

她说，我外表看起来一如常人，我也竭力维持着这个假象。其实三年前我得了癌症，可是谁都不知道。今天我是在公开场合第一次承认自己得了病，你不知道这有多难！我把癌症看成是一种过错，让我无地自容。今天，我说出来了，我心里轻松了许多。我从此不用佯装快乐，我有权得到大家的照料和安慰……

我当实习医生时，第一次看到精神病人，也就是我们俗称的"疯子"，惊骇不止。当精神病人发作时，平常温文尔雅、仪表堂堂的人，变得如此癫狂和不可理喻。我在恐惧中琢磨，人变得这样不可思议，这病一定有个异常恐怖的名字。不料，病名听起来相当平淡，就叫"精神分裂症"，很有些举重若轻、意犹未尽的味道。老医生说，分裂是人间最凄惨的事件之一——

堤岸分裂了就是洪水，

旷野分裂了就是地震，

峰峦分裂了就是山崩，

国家分裂了就是战争，

民族分裂了就是苦难，

爱情分裂了就是离婚，

生死分裂了就是永诀……

如果你填写的诸项，差距甚大，谨防分裂。心理能量是很奇怪的系统，它又强大又脆弱，极富弹性，又不堪一击。当它单纯、和谐之时，犹如激光纯净的光束，会凝聚成极大的力量。如果它散乱分裂、交叉矛盾，就会软弱酥脆，不堪一击。身体和潜能就像高超的密探，时刻倾听着心灵的对话。如果心理能量分散，如同指挥官得了疟疾，冷热无常，变化多端，令我们的身体和精神不知所措。短时间内还可勉力支撑，时间一长，压抑和变形就会让精神濒临崩溃的边缘。

如果别人眼中的你，和实际生活中的你，反差太大，你可要好好找找原因了。某学校里，一位非常幽默爽朗的同学突然死了，死因不明。看情形像是自杀，但无论是老师还是同学，都说这样一位同学是绝不会自杀的，说不定是谋杀。事件惊动了公安局，展开了周密的调查，找到了这个男生藏起来的日记，才知道他因为个矮体胖，经常遭到大家调侃，非常难过和自卑。为了少被嘲笑，他学会了自嘲，经常是同学们还没有提到他的胖，他就抢先发话，拿自己的缺点调侃开涮，大家都以为他很想得开，也乐得打趣，他就成了大伙的开心果。他在日记里写道：我之所以把自己的伤疤揭开，就是乞求大家不要再拿我逗乐了。我自己都把自己贬成了这样，你们就不要说了！但是，大家还是不放过我，把快乐建筑在我的痛苦之上。看来要最终摆脱这痛苦，我只有结束自己的生命了……

同学们知道了真情，唏嘘不止，说他平时给大家的印象完全不是这样的，要知道他对过火的玩笑那样反感，正面表达愤怒，大家一定会有所收敛的。他伪装的快乐骗过了大家的眼睛，结果是付出了自己的性命。

这可能是一个极端的例子，但在我们的生活中，我们违背自己的意志，只是为了一博别人的欢喜，这样的事情还少吗？为了他人的好印象，其实我们一直在委屈一个人，那就是我们自己。我喜欢一位美国诗人的诗句："你不要不停地变化，来取悦于我。我爱你，是爱你的本色。"

自己是无法真正被委屈的。那些被压抑和扭曲的能量，会以另外的畸形方式爆发出来。这就是我们经常看到写字楼里温文尔雅的小姐会忽然雷霆震怒，会看到文质彬彬的先生突然成了暴力的主角……如果你经常扭曲自己，让真实的自我躲藏起来，企图用假象蒙蔽你周围的人，那么，你伪装得越像，你付出的代价就越多。也许有人会说，我看过这样的人，并不像你说的那样惨，好像是一定要疯掉或是歇斯底里，他们也平安走完了自己的一生。即使真有这样的人，我也为他们深深惋惜。因为他们用自己的生命，竭力扮演了一个别人眼中的角色。他不曾明明白白理直气壮地做过一回自己。陀思妥耶夫斯基有一句话很恰切，他说："我爱过，我也受苦过，但尤其是，我能够很真实地说，我活过。"

我们常常说"真善美"。只要你用心想一想，就会发现有很精彩的道理在这三个字里面。是啊，世上的万物如果没有了一个"真"字，何谈"善美"！

无论多么残酷的现实，因为真实的品格，就让它具有了脚踏大地的资格。虚幻的我，无论多么奇幻美好，都是站不住脚的。

请不要用“理想的我”，来贬损“真实的我”。真实的我，也许不是十全十美，但却自有强大的魅力在其中。

让我们来看一封信。

“亲爱的母亲，我抱歉来到了这个世界，不能带给你骄傲，只能带给你烦恼。但是，我却无力改善我自己，我真不知道怎么办才好！但是，母亲，我从混沌无知中来，在我未曾要求生命之前，我就这样糊里糊涂地存在了，今天这个‘不够好’的‘我’，是由先天后天的许多的因素，加上童年的点点滴滴堆积而成。我无法将这个‘我’拆散，重新拼凑，变成一个完美的‘我’。因而，我充满挫败感，充满对你的歉意，所以，让这个‘不够好’的我，从此消失吧！”

这封信里多次提到了“我”，几个不同的“我”。“不够好的我”，在无法变成母亲喜爱的“完美的我”之时，她吞下了整瓶的安眠药。

这是一个十六岁少女的亲笔。她后来的名字叫琼瑶。

琼瑶念书时数学不好，一次只考了 20 分，老师发出了“严加督导”的通知单，要求琼瑶带回家，让家长在上面盖章。琼瑶惶恐不安，回到家中，看到备受宠爱的小妹正在哭泣，原来是小妹的数学考了 98 分，没有得满分，心中懊恼，父母一左一右地正在劝慰她。熬到深夜，琼瑶拿出了自己的成绩单。母亲说，为什么你一点都不像你妹妹？！琼瑶冲出家门，决定死。她写下了上面的遗书。写完之后，琼瑶找到母亲的安眠药，把药全吃了下去，七天以后，才苏醒过来。

这个悲凉的例子，也许能说明，如果没有办法把“真实的我”“理想的我”和“别人眼中的我”，高度统一起来，悲剧的幕布就从此拉开了。很多分裂的人可以活着，却像一个坏掉的西瓜，外表光滑地绿着，瓜瓤在切开的一瞬间甚至比正常的西瓜还要鲜艳。只有当你凑近时，才能闻到腐坏的气味。

心理能力需要长久的修炼，所有的人生经历，都会有助于我们建立和谐统一、稳定淳厚的自我形象系统。那些负面的体验，就像砍下的蔷薇丛，如果你抓到的是刺，手会鲜血淋淋；如果你把花枝放入水中，在适当的护养之后，就会闻到芳香。

健康的自我形象，会导引我们走向自尊自信自爱的人生。那时你将发现，你的内心深处是多么的神奇和安全。我们就会多一些快乐，多一些勇敢，多一些聪慧，多一些轻装前进的勇气。你就会思索你的这个“真我”，和别的人比起来，最大的优势在哪里？真正的目标在哪里？你能不能把所有的资源都用到自己的优势上，朝向矢志不渝的目标奋进？！

你可以试一试啊！

真诚面对内心的时候，你才是真正的你。

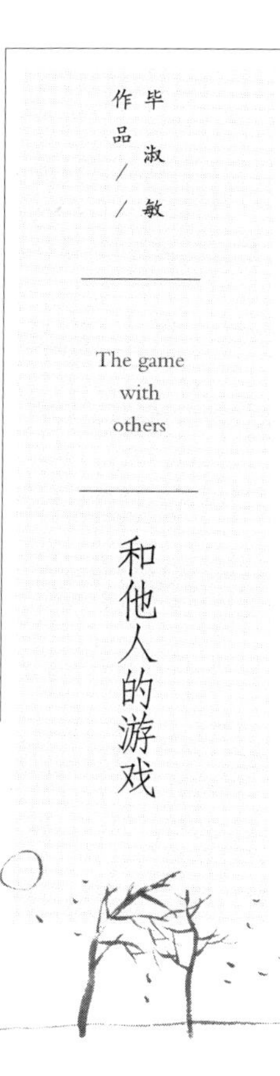
毕淑敏／
作品／
The game
with
others
和他人的游戏

游戏四：你的支持系统

Game 4: Your Support System

好的支持系统是岁月的馈赠，

它包含着沧桑和真情。

要知道，选择一条喜爱的人生路线比较容易，

创造一个由知心朋友构成的称心的生活圈子却很困难。

支持必须是立体的系统

Bi Shumin's Growth Course

共同做了三个游戏，你现在心情如何？是不是好像浸了水的羽毛，既有中心部分的沉重，又有边缘部分的摩擦？随着时间的吹拂，还有羽毛渐渐蓬松后的温暖？

这个新游戏名叫“你的支持系统”。当然，这是从我这个角度来说，落在你的纸上的名称应该是“我的支持系统”。

也许有人会说，“你”和“我”，有很大的不同吗？是的，有很显著的不同。不信你留心一下，在现实生活中，很多人在说到自己的时候，不是说“我如何看……”“我怎样认为……”，而是说“你说这事……”“你看是不是这样……”，他们用“你”代替了“我”，也就部分取消了自己的立场和态度。当我们说到“你”的时候，无论关系多么紧密，那依然是另一个个体，说到“我”的时候，就不一样了。“我”是唯一的，是你所有生理和心理状态的整合。是你的思想、你的历史、你的理想和你的过去汇聚起来的复合物，无论你逃到天涯海角，你都躲不开你的这个“我”的附着。

写好之后，也许你会说，“支持”好懂，但怎么成了系统？

支持必须是一个立体的系统，而不是简单的平面。

俗话说，“一个好汉三个帮，一个篱笆三个桩”，为什么不说是一个好汉一个帮，一个篱笆一根桩呢？独木不成林。好汉都要三个帮，我等就需要更多的帮助了，这就非要成系统。

游戏很简单，题目写好以后，就在下面1、2、3、4……地写下标号，具体写多少随你，可以只写下三五个，也可以一口气写下十个，甚至更多。

完成之后，请设想，当你遇到灾难或是无以名状的忧郁、危机之际，你将和谁倾心交谈？你会向谁发出紧急呼救？你能得到谁的帮助？

人们每每惊叹斜拉桥的坚固和壮丽。它不像石拱桥那样古朴敦实，也不像钢架桥那样呆板简陋。斜拉桥优雅纤巧的绳索，如同飞天反弹的丝弦，飘逸清俊，似乎柔弱到随风飘荡，其实内在蕴含强大的力量，屹立雨雪，抵御风暴，以团结和集体的力量，拉住阔大的桥面。

支持系统犹如斜拉桥的绳索，孤立来看，每一根都貌不惊人，一旦按照科学规律排列组合，就有了惊天动地的合力，保障着车水马龙的安全。

你的支持系统就是你的斜拉桥。写完后，请细细端详，归纳整理。先看看谁是患难之交，谁是酒肉朋友，再看看性别比例是不是均衡。

好的支持系统是岁月的馈赠，它包含着沧桑和真情。要知道，选择一条喜爱的人生路线比较容易，创造一个由知心朋友构成的称心的生活圈子却很困难。

My support system

我的支持系统

很 多 朋 友 的 名 字 下 笔 都 有 点 生 疏 了 ……

丰富多彩的支持系统，是心理维生素

Bi Shumin's Growth Course

如果你的支持系统，都是男性或都是女性，就有些问题。两性看问题的角度不同，这是特点也是缺点。好比一扇窗户，开在南墙和开在北墙，光线进入的时间不同，被照亮的部分和阴影的覆盖也会有所不同。有人会说，我的支持系统都是清一色的性别，这样比较单纯，我也习惯了。很可能你还没有学会和异性成为真正意义上的朋友，关系不是太近就是太远。

再看看有没有年龄上的跨度。好的支持系统，年龄恰像春雨，均匀地覆盖在青年、成年、老年各块土地上。人生阅历不同，各个年龄段的人，有着不同的经验和感悟。有人说，我就是喜欢和同龄人打交道。其实朋友的年龄就像食物的种类，杂食最佳。我看过一本谈营养的书，说是每天进食的品种，最少要达到十八种。乍一想，这还不简单，我不挑食，种类肯定够了。不想，扳着手指头认真一算，面粉、豆腐、青菜、虾皮、小米……怎么也不够十八种。最后我只得把炝锅用的花椒都算上了，才勉强凑够。人的支持系统也要丰富多彩才好。

年龄肯定不是朋友质量的唯一标准，你如果只交一个朋友，那么他的年龄就不是一个问题。现在谈的是一个系统，是一组人而不是一个人。年龄是宝贵的财富，也是桎梏的丝线。为了使你的支持系统更有效更坚实，跨度是必要的。

检查一下系统成分。你可能要说，人际关系也不是化学药品，干吗还要管什么成分？既然是系统，当然成分不能太单一。系统里是否都是你的亲人？如果是，先要恭喜你，你的亲人和你站在一起，与你保持着高度的信任和友谊，可喜可贺。但也要提醒你，如果这个系统里的绝大多数成员都是你的至爱亲朋，那么也潜伏着非同小可的危险。日常所遭遇的危机，有很大一部分，是和我们的亲人有关。尤其是感情上的纠葛，更是牵一发而动全身。比如经济破产，你焦头烂额，他们也水深火热。特别是当爱情或婚姻走入沼泽，你的亲人很可能就是当事人，你不能“与虎谋皮”。总之，成分要多种多样，不要搞近亲繁殖，不要搞一言堂。

系统中要容纳能给我们提出不同意见的人，那些话虽然可能忠言逆耳，却对我们的心理建设大有裨益。

支持系统要有一定的绝缘性。你有事业上的朋友，也要有生活上的朋友、情感上的朋友……就像我们有不同厚度的衣物，阴晴冷暖，适时加减。朔风扑面，穿呢绒和皮草；烈日高悬，穿丝绸和棉T恤。东北菜有一道“乱炖”，土豆、辣椒、扁豆、茄子等各种蔬菜混在一起熬炖，是出名的地方风味，但在交友之道和维护你的支持系统方面，“乱炖”之法，却非良策。

让你的支持系统始终保持在良好的状态中，朋友间不要有太多的横向联系。这并非要离间你和朋友们的关系，而是从系统的最佳状态着眼。斜拉桥的每一根绳索都独立存在，而不是相互缠绕，以免一荣皆荣，一损皆损。有的人常常热衷于以为我的朋友就是你的朋友，普天之下皆为朋友。这种泛朋友论，即便不是酒肉朋友，也和没朋友差不多，关键时刻这些朋友就无法成为你的钢索。

常听有人抱怨，如今真情罕见，平日里蜜里调油的朋友，危难时刻，踪迹皆无，叹息人心难测。这样的人，他们原本就不算是你的支持系统，不过是某些情形之下的邂逅与偶遇，可以一起吃饭，却不可一起赴难。高标准要求他们，就是不谙世事。

一位女性，原来有很多朋友，我也忝列其中。后来她结了婚，关系就渐淡渐远了。若干年后，她突然找到我，说自己离了婚，一个朋友也没有，真心话也不知和谁说，孤苦无依，忧郁极了。我赶紧放下手中诸事，和她在一家茶馆见面。她泪水涟涟，说特别想和当年的朋友们聚聚。我说这没什么难的，我来召集。她怯怯地说，这些年一点来往也没有，把大家都冷落了。离婚前，我们家总是高朋满座，一到节假日，我采买、做饭，忙得四脚朝天。离婚后，我打开电话本，一看傻了眼。平日所交，都是我前夫的朋友。我以为他的朋友就是我的朋友，现在才晓得，朋友是有阵营的。失去婚姻的同时，我也失去了所有的朋友。我疏忽了自己的朋友，如今落得孤家寡人。鼓足了勇气和你联系，谢谢你没有因为这些年的疏远而生我的气……

后来那位女性重新建立起了自己的支持体系，我也由此得了一条经验：支持系统是我们的隐私，是情感阁楼最隐蔽和强有力的支撑结构，万不可掉以轻心。

艰难和喜悦，都需要人来分享，这是一种心理诉求。你不可抗拒，只能因势利导。从本质上讲，人是孤独的动物，他人的温暖和帮助，是心理维生素。任何对支持系统的轻慢，即便不说是愚蠢，也是无知和疏漏。我曾听一位孤寂男士感慨万分地说，他最大的痛苦并不是在恓惶之时无人诉说，而是在快乐之际无人举杯同贺，锦衣夜行，好不寂寞！

如果你想有一方避风港湾，就要建立自己的支持系统。如果想在伤痕累累的时候，有一处疗伤的山谷，就要建立自己的支持系统。如果你不想虚度自己的人生，让快乐相乘，让哀伤除减，那么，建设你的支持系统吧！它不仅是我们心理依傍的钢索，也是我们存在的根据和依恋人生的重要理由。

也许有人会说，这是不是太功利了？我喜欢顺其自然的友谊，不喜欢刻意求工的设计。历史上当然不乏高山流水琴瑟齐鸣的友谊，但那毕竟是可遇而不可求的佳话。作为普通人，要让自己的生活更丰富多彩，要让自己在突然的挫折和厄运面前，比较从容，比较镇定，流的血少一些，康复得快一些，没有上帝可以倚靠，只有靠自己未雨绸缪的建设。晴朗的日子，辛勤地采来花粉，酿成蜜糖，才能在没有花开的日子里，依然有香甜可以回味。

内无自主的人格支持，外无良好的沟通方式，这是很多现代人的生存困境。正因为我们平凡，才要有更多的精神储备，去迎接可能的变故。平日不烧香、临时抱佛脚的态度，才是实用和功利的，才是对自己灵魂的轻慢。

好的支持系统，人数不可太多，动辄数十人的庞大队伍，实在是我们的精力所照料不及的。有人会说，朋友嘛，当然是越多越好。多一个朋友多一条路。朋友和支持系统并不完全是一个概念，虽然它们在相当多的场合重叠。朋友的圈子更宽泛，只有那些最稳定最贴切的朋友，才能进入我们的支持系统。

这些年来，朋友这个词，用得滥了。朋友可能是因为利益关系而结成的伙伴，当利益淡去的时候，朋友也许会消失，但支持系统仍要存在。支持系统关怀的是你这个人，而不是单纯的利益。即使有一天，你的实用价值烟消云散了，系统也和你在一起。

维护你的支持系统

支持系统需要不断培育和濡养，补充和清洗，润滑和淘汰，养护和更新。在支持系统上，要舍得下功夫，一如你要经常健身。如果你把支持系统当成“永动机”，那就大错特错了。即便面对父母和儿女，如果你没有和他们持之以恒地交流互动，危机来临的时候，他们也很难在第一时间明白你的困苦和需求，给予恰如其分的支援。

面对你的支持系统的名单，想想看，你已经多长时间没有和他们促膝谈心了？你已经多长时间没有向他们细细通报你的想法和变化？你已经多长时间没有和他们一道喝茶和共进晚餐？你已经多长时间没有和他们一道凝望星空疾走原野？

有人会说，我被生计挤压得喘不过气来，哪有闲情逸致做这些事情？如果你真的忘记了自己的支持系统，那么也就不要责怪当你需要支持的时候，得到的却是无关痛痒的同情或是不着边际的指教。你在平坦的路上忘记系上安全带，急刹车时，难免碰得头破血流。

支持基本上是双向的。无条件地求助别人的心理支撑，就如同乞丐的讨要，并不总能如愿。从某种程度上来说，无偿索取是一种讨巧和冒险。

支持系统的名单太长，就要删繁就简。过密的田地需要间苗。心是有限的舞台，那里不可能摆放太多的座位。如果支持系统名单太少，就要酌情增加。古人虽言，人生得一知己足矣，但还是兵多将广为好。

曾远远瞄到一位朋友所列的支持系统名单，只有三个字。原以为是他的恋人或是父母名字，不想细细看来，那三个字竟是——“大自然”。看我愣着，他略有挑战地问道，怎么，不行吗？一定要是人吗？当我苦闷的时候，我只有沉浸到大自然当中，才能感到一种包容和理解。那种物我两忘的安宁，才能让我渐渐平静下来，重返花花世界。

我说，谁也没说支持系统必然得是人，但你的系统里没有人，是不是也显奇特？它是否表明，人是不可以信任的？只有在默默无言的山水和绿叶之中，你的心灵才能放松，受伤的刀口才能缓缓愈合？

他说，正是。我说，到大自然当中去，当然是获取心理能量的好方法之一，所以古代才多隐士和独行侠。这张名单太过单一和清冷，你执意坚持，当然也是自由。不过，如果你是一个热爱大自然的人，你可以看到自然是多么博大和慈爱啊。无论是大树还是小草，都在它的怀抱里得到哺育，它使万物茁壮成长，它不悲观，不放弃，不厚此薄彼，不居功自傲……

你选择怎样的支持系统，在某种程度上，也就表明了你是怎样的一个人，你选择了怎样的生活方式。你很难设想，一个纸醉金迷的纨绔，会有一个固若金汤、明智清醒的支持系统。你也很难设想一个运筹帷幄、举重若轻的先哲，会有一个鸡飞狗跳、朝三暮四的支持系统。

几年后，我又看到了那位挚爱大自然的朋友，他笑着告诉我，妻子和女儿都成了他的支持系统，还有他的同事。如今，除了在大自然里，在人群中，他也能得到启示和安宁。

我们的支持系统也会出现故障和断裂，也需更换和修补。天下没有不散的筵席，当有人离去的时候，你不要哀伤，也许他已不能担承你的臂膀。当你视某人为你的支持系统，他却辜负了你的信任，也不要怨天尤人。支持必定是双方的付出和给予，一厢情愿的依傍，往往得不到有力的辅佐。

他人成为你的支持系统，你也是他人的支持系统，这不是一笔谋求公平的买卖，而是人与人之间淳朴友谊的法则。当你的朋友向你哭诉的时候，你切不要把这看成是倾倒心理垃圾。在那些看似琐碎的诉说里，潜藏着珍贵的秘密。我们之所以成为一个个不同的个体，从某种意义上说，正源自这些不同的经历。作为普通人，我们没有多少执掌国家大事的机会，也很少有气壮山河扭转乾坤的瞬间。无数的小事堆积成了一个个不同的日子，我们为之烦躁叹息的起因，有几次是因为远处的高山？绝大多数是因为鞋里微细的沙子。

在电脑核心部件每十八个月就升级一次的时代，那些同我们一起度过岁月的老友，是最宝贵的财富。美国前国务卿基辛格博士到天坛公园游览，我方自豪地向他介绍祈年殿、回音壁这些古老辉煌的建筑。基辛格说："天坛的建筑很美，我们可以学你们照样建一个，但这里美丽的古柏，我们就毫无办法得到了。"

真是名园易建，古木难求。老朋友也像古树，不可能在几年内长出来，却可以在几年之内死去。

森林需要漫长的时间来培育。如今科技发达了，听说能将老树搬家。树可以挪动了，友情却还是不可嫁接。最好的支持系统，是当你哭泣的时候，他会默默地递上纸巾，在你没有停止流泪的时候，他不会问你缘故。如果你不说，他会尊重你。如果你说下去，他不会打断你。

最好的支持系统，是你们也许天各一方久不相见，一旦重逢，马上拾起上次分别时中断的话题，潺潺流水倾谈下去。这不是因为特别好的记忆，或是刻意的精心，只因为你在他心中独立成档，一看到你，杂事摒去，所有的储存都在瞬时复活。最好的支持系统，是在你忘乎所以的时候，兜头泼下的一桶夹着冰碴的水，锥心刺骨的同时，猛一激灵就想起了自己的本分。

最好的支持系统，是在你万般愁苦的时候，陪你叹息，为你殚精竭虑思索出路的人。

最好的支持系统，是你在矛盾中，他不指责不批评，只是陪你一同走过沼泽。他相信你一定会理出头绪再下定夺，他的职责就是和你一道沥风沐雨。

最好的支持系统，是在你高兴的时候比你还要高兴，却不会吹捧和阿谀你的人。

最好的支持系统，是在你痛苦的时候比你还痛苦，却不会让你看到他眼泪的人，他怕那些眼泪会烫痛了你的手……

支持不是上山打狼，移山填海，靠质不靠量。成分太单一，应对不了大千世界。系统不可太陈旧，要有新鲜血液。支持系统不可像饴糖软绵绵，当如飒风荡涤寰宇，有澄清万物的气场深藏其中。

照料我们的支持系统，需要很多精力，不过它的回报，即使在最苛刻的经济学家那里，恐怕也觉物有所值。最后要提醒一点，你常常需要使用系统其中一部分的能量来修补另一部分的缺失。这不仅仅是策略，也是对系统的尊重。

为你的支持系统画一张新的蓝图。蓝图当然还不是现实，但有了图纸，就有了建设的希望。用一生的时间，编织你美丽的支持系统吧。在你积累物质财富的同时，也浇灌着你支持系统的田垄。在那些为了利益的杯觥交错之外，也有知心朋友间一盏香茗两杯咖啡的清谈。在你买下酒店公寓或 Townhouse（联排别墅）的日子，也为自己的篱笆桩绑一缕苎麻。

系统无言。

如果你在空中，

它是一朵蒲公英般的降落伞。

如果你在水中，

它是一艘堡垒般的潜水艇。

如果你在人间，

它是你心灵的风雨亭。

做完这个游戏，你是否感到了温暖？

瞧，那只朋友送的小熊在沙发上睡得正香……

游戏五：再选你的父母

Game 5: Rechoose Your Parents

我们与周围人的主要关系，

常常反映出我们和父母的关系。

如果我们不能在内心重新梳理和父母的关系，

就无法创造出其他合乎理想的种种关系。

再选父母，就是重塑自己

Bi Shumin's Growth Course

“再选你的父母”——第五个游戏的名称。很多人一看到这个名称，先是吓了一跳，马上大不以为然，甚至愤愤然了。这叫什么话？我的父母是天下最好的父母，让我再选一对新父母，这不是滑稽加大逆不道吗！这个游戏要是叫我的父母看到了，还不得指着鼻子骂我，恨不能把我扫地出门！要是父母之中有人驾鹤西归了，这题目更让人匪夷所思，简直违背天伦。

我国乃仁孝之邦，身体发肤受之父母，感恩戴德还表达不尽呢，哪里容得了再选父母？如果你看到这儿把本书丢弃，我只有叹息。这的确是一个“可怕”的想法。请原谅，我没有一点冒犯你的意思，也不是为了震撼视听，哗众取宠，实在是因为这个禁区不得不谈，它和我们的心理健康息息相关。

你要说啦，我父母都很好，凭什么让我再选一对父母？这就是咱们在做游戏之前首先要解开的思想疙瘩。问号不打开，游戏就成了缘木求鱼。

父母可不可以批评？大家理论上一定承认父母是可以批评的，即使是伟人，也有这样那样的错误和缺点，父母不是完人，当然也可以批评。可实际上，有多少人心平气和地批评过父母，并收到了良好的回馈，最终取得了让人满意的效果呢？我猜这个比例一定不高。有人也许回忆起和父母吵架，分庭抗礼，甚至离家出走的经历，那不是批评，而是叛逆。你可曾有像一个平辈那样拉开距离，客观地审视过自己父母的优劣长短、得失沉浮吗？大多数人的回答很可能是否定的。也许有人会说，那都是历史了，我们有什么理由在很多年后，甚至在父母都离世之后，还要议论他们的功过是非呢？

心理学家会很严肃地说，有。因为那些历史并没有消失，它们就存在于我们心灵最隐秘的地方，时时引导着我们的行为准则，操纵着我们的喜怒哀乐。

琼瑶写过一本《我的路》，其中讲了这样的故事。

琼瑶的小说处女作《窗外》发表后，大获好评，并搬上了银幕。父母在电影公映的第三天去看了电影。看完之后，母亲瞪着眼看着琼瑶。琼瑶回忆道：世上再没有那样的眼光，冷而锐利，是寒冰，也是利剑。

不知瞪了多久，母亲狂叫："为什么我会有你这样的女儿？你写了书骂父母不够，还要拍成电影来骂父母！你这么有本事，为什么不把我杀了？”琼瑶扑通跪下了，抓住母亲的旗袍下摆，泪如雨下。

连通情达理的父亲，也不能饶恕女儿。他的目光也是同样的冷峻，冷冷地盯着琼瑶说：“你永远会为这件事后悔的！”琼瑶的大脑一片空白，只知道跪在那里，颤抖着一遍遍忏悔：“我错了！我错了！我错了！”

母亲并没有饶恕琼瑶，她要用她的自虐来折磨和鞭挞琼瑶的良心，她要用自身肉体的痛苦把琼瑶推上审判席。她要重新取得胜利，让女儿俯首称臣。第二天，母亲开始绝食。大家轮流到母亲床边，端着食物求她，母亲就是滴水不进。第四天，琼瑶从一大早就双手捧着碗跪在母亲床边，哀求母亲吃点东西，但母亲理都不理，闭着眼睛不说话。到了第五天，琼瑶六岁的儿子小庆跪在姥姥跟前，说：“姥姥，你不要生妈妈的气了，我端牛奶给你喝！”

母亲依然不理，小庆又说：“姥姥不吃东西，妈妈不吃东西，大家都不吃东西，小庆也不敢吃东西……”

琼瑶再也忍不住，走过去和小庆一起跪在那里，小妹也走过来跪下，大家一齐跪下了，那场面十分凄惨。母亲终于一边掉着眼泪，一边喝了小庆捧着的牛奶。

事件终于解决，琼瑶浑身发软，和平鑫涛一起到台中透透气。刚刚学会开车还没有拿到驾驶执照的琼瑶，发疯似的开车，平日要用三个多小时的路程，只用了两个小时。她打赌平鑫涛无法在剩下的两小时内完成后一半路程。平鑫涛把车开得飞快，结果出了车祸。琼瑶全身都是口子，腿上被削去了一块皮。小妹脾脏大出血，平鑫涛右脚骨折……

这个故事，让人心中十分沉重。我们常常回忆起父母的慈爱，其实，记忆永远美过现实。

父母是会伤人的，家庭是会伤人的。

当我们还是孩子的时候，无力分辨哪些是真正的教导，哪些只是父母自身的宣泄。我们如同最恭顺的小伙计，把父母的言语、表情和习惯、嗜好等等，流水账一般录在脑海的空白处。他们是我们的长辈，他们供给我们衣食住行，从某种程度上说，我们是凭借着他们的喜爱和给予，才得以延续自己幼小的生命。那时候，他们就是我们的天和地，我们根本就没有力量对他们分析、抗辩、反思。

你的父母塑造了你，你在不知不觉中套用着他们展示给你的模板，在未经清理和重塑之前，你在很大程度上是他们的复制品。你可能很不赞同这些话。不妨放下这本书，思忖一下你周围的人和事，就会发现它并非毫无道理。这个游戏虽然叫作“再选你的父母”，但实际上，和我们自身的关系要比和父母的关系密切得多。从某种意义上讲，是为再造一个你做些准备。

你的顾虑能否打消了一些？

游戏和你对父母的孝顺无关，也和你对父母的尊重无关。我几乎可以担保，你做完这个游戏后，对你的父母会有更深入的了解，你会更理解他们，更接纳他们。

『寻觅』心仪的父母

Bi Shumin's Growth Course

你准备好参加这个游戏了吗？如果还是迟疑，不要勉强，翻过就是了。下一个游戏再见。

准备阶段用了比较长的时间，别着急。

这个游戏完成起来很简单，只要一张白纸。对环境的要求有个前提，请避开你的父母，起码要在他们的视线之外。尽量卸去负罪感和不好意思。

毕竟，我们要重新为自己选一对父母，这在常人眼光里不合章法，甚至就是荒谬。请把情感干扰因素减到最小，让思绪和想像力自由驰骋。

在白纸的上方写下“再选 ××× 的父母”几个字，××× 就是你自己。“再选 ××× 的父母”。你看着它一定不舒服，这是正常的。此刻之前，你从来没有想过可以把自己的父母“炒鱿鱼”，让他们“下岗”，自行“招聘”一对父母。你也不要感觉对不起他们，毕竟这只是一个游戏。游戏不仅是儿童的权利，也是成年人不可或缺的心灵舞蹈。

完成了上述步骤之后，请你郑重地写下你为自己再选的父母的名字。

他们可以是你认识的任何一个熟人，也可以是传说中的神仙魔鬼；可以是英雄豪杰，也可以是邻居家的老媪；可以是已经逝去的皇亲国戚，也可以是依然健在的平头百姓；可以是绝色佳人，也可以是末路英雄；可以是动物植物，也可以是山岳湖泊；可以是日月星辰，也可以是布帛黍粟；可以是一代枭雄，也可以是梁山好汉；可以是江湖侠客，也可以是枯藤昏鸦；可以是仰慕的师长，也可以是同窗好友……总之，你就放开胆子，天上地下地为自己寻觅一对心仪的父母吧。

Rechoose your parents

这 一 刻 ， 你 可 以 准 备 一 点 酒 ……
但 是 ， 在 游 戏 完 成 之 前 ， 不 要 喝 哦 ！

再选________的父母

父：

母：

猜你一定要狠狠地别扭一阵。虽然我们对自己的父母有过种种的不满，但真的把他们就地淘汰了，必有目瞪口呆之感。请坚持住，本游戏最艰难的地方就在这里。如果你开始设想谁是你的再选父母的最佳人选，祝贺！第一关你已经成功跨越。

谁是再选父母的合适人选呢？很可能你陷入苦苦思索之中。不必煞费苦心，你的潜意识如同深海的美人鱼，一个鱼跃，跳出了海面，露出了它流线型的身躯和嘴边的胡须。原来，它并非美女，也不是猛兽。关于你的再选父母的名称，你把头脑中涌起的第一个人名写下就是了。

一时有些不知所措，是吧？可挑选的范围实在是太广泛了。广泛到不可思议，是不是？因此也可以打消你的顾虑了，这并不是要对你的亲生父母有什么不敬，只是进行一次特殊的心灵探索。也许有的人会问，能认一对没有生命的东西，比如怪石或是原子来做父母吗？

你再选的父母是什么类型的物体（原谅我用了“物体”这个词，没有不敬之意，只是为了叙述方便），这不重要。重要的是你在这个游戏中，弥补缺憾，你在表达你长久以来压抑的情感，你在重新构筑你的世界。

有个农村来的大学生，父母皆是贫苦乡民。在这个游戏中，他令自己的母亲变成了玛莉莲·梦露，让自己的父亲变成了乾隆。这是一个非常典型的例子，我首先要感谢这位朋友的坦率和信任。这样的答案是太容易引起歧义和嘲笑了，虽然它可能确是一些人的真心向往。

我问他，玛莉莲·梦露这个女性，在你的字典中代表了什么？他回答说，她是我所知道的最美丽和最时髦的女人。我说，你是不是觉得自己的亲生母亲丑陋，不够时尚？他沉默了很久说，对。中国有句俗话叫作“儿不嫌母丑，狗不嫌家贫”，我嫌弃我的母亲丑，真是大逆不道的恶行。平常我从来不敢跟人表露，但她实在是太丑了，让我从小到大蒙受了很多羞辱。我心里始终讨厌她。从我开始知道美丑的概念，我就不容她和我一道上街，一前一后也不行。后来我到城里读高中，她到学校看我，被我呵斥走了。同学问起来，我就说这是一个丐婆，我曾经给过她钱，她看我好心，以为我好欺负，居然跟到这里来了……我说这些话的时候，一点也不脸红，反倒理直气壮。母亲丑，并把她的丑遗传给了我，让我承受世人的白眼，她对不起我。我父亲是一个乡间的小人物，会一点小手艺，能得到人们的一点小尊敬。我原来还是以他为自豪的，后来到了城里，上了大学，才知道山外有山，天外有天，才知道父亲是多么的微不足道。看同学们的父亲，不是经常在本地电视中露面的要员，就是腰缠万贯挥金如土的巨富，最次的也是个国企的老总，就算厂子不景气，照样有公车来接子女上下学。我想，如果把社会比作高楼大厦，我一定是在地下车库的位置。而这个位置是我父母强加给我的。这种深层的怒火潜伏在我心底，使我在自卑的同时非常敏感，我拼命努力奋斗，但是不能容忍任何形式和程度的不公平，我性格懦弱，但是在某种时候又像个“飞毛腿”导弹。我好像是两个人拼起来的……今天做这个游戏，可以大胆设想，不拘一格，我一下子就想到了梦露和乾隆，就随笔写了下来。

我说，谢谢你对我的信任。其实父母是不能改变的，我们从中发现的是自己的心态。我先问你一个问题，如果父亲的名字不是乾隆，换成唐太宗或是布莱尔，你以为如何？

他笑起来说，当然也可以。我说，你希望有一个总统或是皇上当父亲，这背后反映出来的东西，你能察觉吗？

他静静地想了很久很久，好像有一个世纪，说，我明白了那永远伴随着我的怒气从何而来。我仰慕地位和权势，我希图在众人视线的焦点上。我喜欢美貌和钱财，我看重身份，热爱名声，我希望背靠大树好乘凉……当这些无法满足的时候，我就怨天尤人，心态偏激，觉得从自己一出生就被打入了另册。因此我埋怨父母，可中国“孝”字当先，我又无法直抒胸臆，这些复杂的情绪交织在一起，让我不得轻松。工作中、生活中遇到的任何挫折，都会让我想起这种先天的差异，觉得自己无论怎样奋斗也无济于事……

我说，谢谢你的真诚告白。事情还有另一面的解释，你可想过？

他停顿了很久很久，最后说，我知道是什么了。我平凡贫困的父母，在艰难中养育了我。我长得不好看，可他们没有像我嫌弃他们那样嫌弃我，而是给了我无私的爱和力所能及的帮助。他们处于社会的底层，却竭尽全力供养我读书，让我进城上了大学，有了更开阔的眼界和更丰富的知识。他们明知我不以他们为荣，可是从不计较我的冷淡，一如既往地爱我。他们以自己孱弱的肩膀托起了我的前程，不希求任何回报……我把梦露和乾隆组合成父母，跨越历史和国籍，攫取威权和美貌的叠加，是懦夫和逃兵，是自卑和忘本……

面对这种泣血的反思，我深深感动。那位年轻人若有所思地走了，从他挺直的背影中，我看到了新的力量。

原生家庭有难以形容的魔力

Bi Shumin's Growth Course

我们究竟有没有权利对自己的父母不满？这是一个敏感的话题。多年以前，当我看到一本国外心理学家所写的书，叫作《家庭会伤人》时，凛然一惊。只能说家庭是幸福的港湾，不能说家庭也暗藏杀机。只能渲染家庭给我们以温馨，不敢声讨家庭给我们以冰冷。我们期待从家庭汲取力量，不晓得家庭常常是吞噬能量的黑洞。我们以为在家庭中受到的心灵暴力是偶然遭遇，殊不知几乎俯拾皆是……

假如没有大规模的战争，伤亡于家庭的人，一定多于战场。在我们周围，有透明的鲜血汩汩流淌，有看不见的伤口白骨森森。毋庸讳言，这些鲜血和伤口的制造者，很多来自我们的父母。你可以从再选父母和亲生父母的比照当中，察觉内心蛰伏极深的期待。接受自己的这种愿望，并非罪过。如果你写下的名字是一位柔和的女性，那么也许父母给予你的精神压力需要清扫。如果你写下的名字是一位很有决断的英雄，也许你怨怼父亲的优柔寡断。如果你写下笑口常开的相声演员，也许你的父母太过严厉，幽默不够，你也继承了不苟言笑的秉性，潜意识中，你希望自己从再选的父母那里继承点调侃的细胞……

假设虽多，连真实世界的万分之一都无法达到。心理的玄妙，让任何假设、预期和解释都苍白失色。尝试着面对自己的心灵，破解它所发出的神秘而悄然的信号，是你我终生的功课。

父母和孩子的关系极为密切。海淀区法院少年法庭庭长尚秀云，亲手审判过几百名未成年犯罪者。她说：问题少年往往是问题父母的产物。每七个编造谎言犯诈骗罪的少年当中，有六个家庭的家长不诚实。每十四个偷盗的少年中，有十三个家庭的家长崇尚金钱，贪小便宜。每十五个持械斗殴犯故意伤害罪的少年当中，有十二个家庭的家长性格暴躁，爱与人争斗，动辄打骂孩子。

面对着自己的期望，有待整理的东西还很多。你可以从他们体态相貌的差异中，发觉自己的审美情趣。你可以从他们文化教养的程度，分析一下自己是否有门阀观念和等级思想。如果你选择父母时很在意他们的经济状况，那么你也能从中察觉自己对金钱的态度。如果你很在意父母的性情，你的童年是否受过精神打击？

生活是由关系组成的，佛教认为，世界就是由缘分组成的。“缘”就是关系。事物皆有关系，你和目的，你和食物，你和天气，你和交

毕淑敏的成长课

成功只有一种
就是用自己喜欢的方式度过一生

Bi Shumin's
Growth Course

去一次海边
让脚趾记住沙滩

Bi Shumin's
Growth Course

爱才是人生的行囊 其余都是包袱

Bi Shumin's
Growth Course

毕 淑 敏 的

世间的温暖
无非雪夜围火炉
又或雨夜茶一壶

Bi Shumin's
Growth Course

包容、分享、怜惜、
恒久绵长、不离不弃、
才是爱

Bi Shumin's
Growth Course

毕 淑 敏 的

心没有栖息的地方
到哪都是流浪

Bi Shumin's
Growth Course

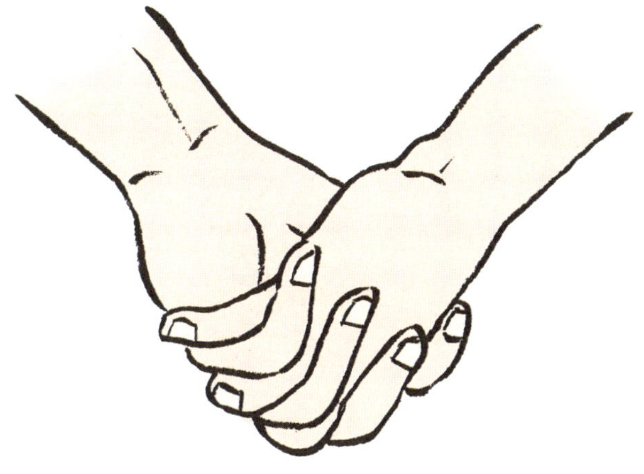

牵手时
生命线会交错

Bi Shumin's
Growth Course

毕淑敏的成长课

悲剧加上漫长岁月就会变成喜剧

Bi Shumin's Growth Course

通工具……当然了，最主要的是你和周围人的关系，你和自己的关系。我们与周围人的主要关系，常常反映出我们和父母的关系。

如果我们不能在内心重新梳理和父母的关系，就无法创造出其他合乎理想的种种关系。

父母，是我们人生中第一任上级。你要服从他们，你要得到他们的奖赏，你要讨得他们的欢心，才会觉得有价值和萌生自豪感。

试着想一想，你和上级的关系，是不是也在有意无意地重复着和你父母的关系？我认识一位在外企工作的白领，他努力向上，是个呱呱叫的业务骨干，马上就要成为大中华区域的负责人。但他找我来商量，说自己准备跳槽，到一个小公司去从头开始。我一头雾水，摸不清他到底要的是什么。如果是自己想做老板了，白手起家，从零打拼，也算顺理成章。但他很坚决地摇头说，到小公司还是做白领，替人打工。我说，那我就不明白了，你放弃了优厚的待遇和发展的机会，到底是为了什么？小伙子说，真正的原因是他很困惑——老板究竟还喜不喜欢他了？

我说，你不是告诉我老板刚给你加了薪，还要把更大的责任委托给你，这不都说明老板是喜欢你的吗？

谈话进行到这里，我突然沉思不语，察觉了症结的所在。成年人在形容和领导的关系之时，是很少用“喜欢”这个词的，只有小孩子才在意别人的喜爱。他为什么总纠结在领导是不是喜欢自己这个问题上呢?

经过一番深入的探讨，他告诉我说，这已经是第 N 次跳槽了，每次都是自感老板不喜欢了，就抽身而去。他也搞不懂这是怎样一个无法扭转的怪圈。他从小是在父亲的表扬和责骂之下长大的。这位父亲大概深得前苏联巴甫洛夫学派条件反射学说的真谛，赏罚分明，且立竿见影，好的坏的都挂在脸上，时效抓得很紧，表扬不过夜，批评也不过夜。小伙子在这种氛围下长大，工作之后，只要有一两天老板未曾表扬他，心中就惴惴不安。如若更长时间听不到鼓励的话语，情绪更是一落千丈，后来干脆变得疑神疑鬼，魂不守舍。表扬对于他，成为鸦片一样的毒药。只要有表扬，就眉飞色舞，意气风发，如果听不到表扬，就灰头土脸一蹶不振。

找到症结之后，小伙子豁然开朗。原来，在这个成年男子的心里，还栖息着一个小男孩的身影。儿时记忆盘踞心底，他把老板当成了父亲，把父子关系投射到了工作关系之上。听不到表扬，幼年形成的焦虑、恐惧就爬上了眉梢。为了避免被人遗弃的危险，干脆采取先下手为强的策略，提前离职。表面上看起来是炒了老板，其实是不自信的心理在作怪。疙瘩一解开，小伙子伸展双臂，说我从今天开始长大成人，我会以一个成年人的心态对待工作。

我们和父母的关系，具有难以形容的魔力，会在不知不觉当中，像晒化的沥青，渗透到所有的重要关系当中。

有一位满脸微笑的善良女子，嫁到公婆家。结婚之前，她下决心要成为一个好儿媳。既然公婆培育出的孩子，成了她亲爱的丈夫，她爱他们的儿子，就愿对公婆孝字当先。婚后的生活，并不像她想象的那样温馨单纯。笑脸挡不住婆婆的数落和公公的完美苛求，小媳妇的应对方式就是一味忍让。终有忍不住的那一天，笑脸变哭脸，小媳妇火山爆发，歇斯底里一通大发作，心里才算透出一缕光线。光线很快被自责的乌云挡住，她懊悔不已，笑得更妩媚了，加倍地干活，给公婆送贵重的礼物……新的一轮指责和苛求又开始了，新一轮的爆发也随之酝酿。丈夫如同夹心饼干中的奶油，被挤压得没了形状。小媳妇找到我，哭天抢地说，她要改变这个模式，把自己救出来，也把丈夫救出来。

讨论许久，最后聚到了小媳妇和原生家庭父母的关系上面。小媳妇小时候，是个乖乖女，爸爸妈妈的掌上明珠。小女孩要博得众人喜爱，只有嘴甜，天天面带笑容。小女孩知道自己的花裙子和小人书都是从笑脸上来的，就笑得格外灿烂。小女孩也有烦心的事情，当她实在维持不住笑脸的时候，就会委屈地放声大哭，一顿宣泄之后，雨过天晴。小女孩渐渐长大成人，但这种周期性的发作，并没有从根本上改变。到了公公婆婆那里，在主观上，她把他们当成了父母，于是她应对父母的模式就全须全尾地出现了。

小媳妇问我，我能改变吗?

我说，这个答案可不在我手里。

她很紧张地问，那在谁手里呢？

我说，你这么聪明的一个人，就猜不到答案吗？如果丈夫还是这个丈夫，但公婆可以由着你选择，你要一对什么样的公婆呢？

小媳妇说，我理想的公婆应该善解人意，倘若让我再选，那么公公是许仙，婆婆是薛宝钗。

我说，你经常处在苦恼之中，因为别人不明白你心底的想法。你能不能直截了当地把心思说出来？小媳妇很为难地说，我不知道怎么说。我希望别人能猜透我的心，如果猜不透，我就隐忍着，依旧很乖顺的样子。如果他们还是猜不透，我就更乖顺地服从他们，给他们一个时间，期待他们能破解我的心事。当一切努力都告失败之后，我会勃然大怒，压抑的怒火倾泻而出，眨眼间成了一个泼妇。可这责任在我吗？

我说，如果你在怨恨刚刚积攒的时候就说出来，会怎样呢？

小媳妇怯怯地说，我不会这样。我太不习惯了。

我说，如果你想改变，就试试吧。许仙和薛宝钗不成夫妻，就是成了夫妻也不会做你的父母和公婆。只有靠你自己救自己了。

以后再没见到小媳妇，有时会惦记她。她能救出自己和丈夫吗？相信一定会的。

如果你已为人父母，那么这个游戏，也促使你检讨一下自己做父母的资质。如今干什么都讲求资质，无论你是会计还是律师，哪怕是电梯工和驯狗师，也需要经过专业认定。奇怪的是，结婚后做父母，无须经过培训和考核，真是宽大无边，相信天下的男女都有自然而然成为父母的潜质。

如果你为自己列出了理想的父母，试着想一想，你是否是一个合格的父母？如果你的答案是肯定的，那么恭喜你的孩子，我们有理由相信他有一个美好的童年和一个自信的人生。

一位老人金刚一样岿然不动。我说，您想什么呢？他不悦地说，我的父母已经过世很多年了，为什么要让他们在黄土之下不得安宁！我不做你的游戏，不让你的想法得逞。

我说，老人家，这个游戏对您真正的父母并无冒犯，其实是在探索我们自己的内心世界。不要以为人老了就没有探查的必要，其实，越是年纪渐长，人们就越来越像自己的父母了。连吃饭的口味、行走的姿势、说话的语气，很可能都同长辈一模一样。这不仅仅是生物的遗传使然，更是由有意无意的模仿和一种家族的密码所决定。您想认识您自己吗？您想让自己的一生过得更明白清晰吗？当我们逼近死亡的时候，探索自我的欲望也会变得更加迫切。美国迪斯尼娱乐公司的创办人——华特·迪斯尼说：如果不继续成长，就会走向死亡。

说这话的时候，他早已不年轻。

沉吟半晌，老人开始做这个游戏。做完之后，他一脸凝重地告诉我说，他想起了自己的父亲。其实老人从来没有见过自己的父亲，他是遗腹子。正因为这种身份，他听懂的第一句话就是——你要争气，你要对得起父亲。当他偶尔微笑的时候，凡是看到他笑容的人都会说，你看你看，这孩子的笑和他爸爸是一模一样的啊！从此，他觉得自己不能有其他的笑法，连嘴唇扯动的幅度都要和那个他从未见过的父亲相仿。如果他吃饭的时候，对某个菜多夹了一筷子，妈妈就会说，天！他怎么和那死人一个口味？血脉这东西，真是管天管地啊！从此，为了不伤妈妈的心，他哪怕是不爱吃那菜了，也要装出甘之若饴的模样。

老人说，他一辈子都笼罩在这个从未见过面的父亲的阴影之下，觉得他在天上瞪着一双炯炯有神的眼睛，俯瞰着他。如果说别的孩子还能有片刻躲过自己的父母，获得一点小小的自由的话，他却连一分钟的自在也不曾有。父亲已经死了，死了的人住在天上，有了类乎神仙的功力，遗腹子没有一天轻松地做过自己。

老人说他理想的父亲就是"空白"。他已经在父亲的阴影下过了一生，现在他需要解放和自由。

这个故事会不会对年老的朋友有些许启发？父母是我们人生的第一教员，重新设计他们的形象，也是对自己人生的回顾和展望，什么时候开始都不算晚。

如果你写下的再选父母的名字，就是你的亲生父母，那么，祝贺你，羡慕你。这样的概率不是很高，你有一份罕见的幸福。但愿在我们这个游戏做完之后，你赶回家，如果父母还健在，请拥抱他们并深深地表达谢意。如果他们已经远行，请面对着浩瀚星空，遥望他们的英灵，微笑并且致敬。

父母是不可以再选的，但可以在我们的心中重新认识并复活。

Take a rest.

窝 在 沙 发 里 休 息 一 下 吧 ，

好 像 小 时 候 躺 在 父 母 怀 中 ……

毕淑敏／作品／

The game with the world

和世界的游戏

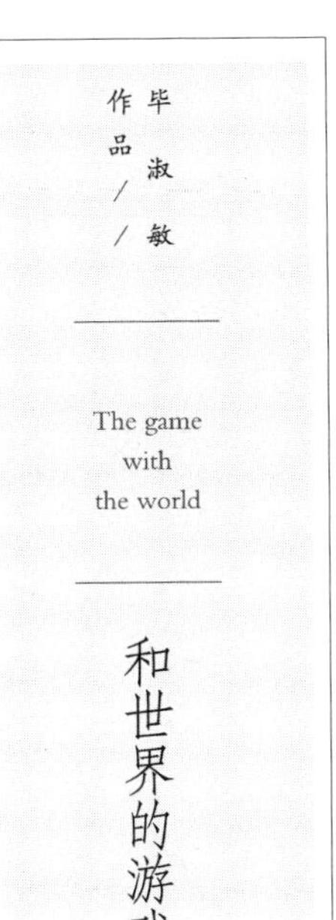

游戏六：写下你的墓志铭

Game 6: Write your epitaph

你无法预计死亡拜访你的时间，

但你可以提前预备好款待他的茶点。

也许只有在绝境中，

人性中最基本最朴素的内核才会突破种种物质的阻力，

迸出单纯而灼目的光芒。

长的是人生，短的是年轻，

所有面向死亡的修行，都是为了更好地活着。

飞机就要失事

Bi Shumin's Growth Course

看了这个游戏的名称，很多人会倒吸一口冷气。有人会说，玩什么不好，偏偏要来一个煞风景的阴森游戏！

看大家对这个游戏如此反感，咱们先玩一个别的游戏，算作热身，或者说，游戏分成上下两部分。

上部分游戏的名称是：飞机就要失事。

看来大家要送我一个外号叫作“乌鸦嘴”了，为什么不说点吉利的，偏要让大家骇出一身冷汗？好吧，就算这是一个“恐怖”游戏，也有存在的意义。世界上有很多恐怖事件，不管你喜欢不喜欢，它就发生在各位周围。中国有句古话，叫作“凡事预则立，不预则废”。“预”是什么意思？就是预料、预计，提前做个准备。

墓志铭是人死后墓碑上刻下的字句。飞机就要失事，也是生死攸关的时刻。这两个游戏的核心，都是考察当生命受到威胁，死亡即将到来，你会做怎样的准备。

不是多虑。现代社会的人的寿命虽然比以前大幅度地提高了，现代科技和医学也高度发展，可你依旧没办法准确地预知自己的死期。在这一点上，现代人一点也不比古代人多多少幸运。人总是要死的，这是一个常识。凡是常识都要接受，如果你不接受，规律就会强迫你接受。到那时，你愤怒、委屈、不甘心，都于事无补。如果你鸵鸟埋头，假装这一切都不会发生，死亡就成了你仓皇之时的不速之客，吃亏的是你和你的亲人。

人们不喜欢讨论死亡，认为它是不祥和丑恶的。我曾问各个年龄段的朋友们：一提到死亡，你会联想到哪些词语？

几乎所有的人想到的都是负面词汇——

阴暗、黑色、寒冷、腐烂、肮脏、丑陋、恐怖、惊吓、分离、哭泣、伤痛、绝望……

是不是瞅一眼这些形容词，身心就涌起了强烈的不舒服感？如果我们看到一个新生婴儿呢？大家就会联想到：光明、发展、蓬勃、希望、金色、温暖、期待、快乐、幸福、灿烂……心境和感受完全不同。既然生死都是人生不可或缺的一部分，为什么我们不能像接受生之顺畅那样，平静地接受死之坠落？现代医学已经能够妥帖地减轻临终的痛苦，让死亡变得渐弱渐息，生理的痛苦可以用技术化解，心理的痛苦就更加凸显。

有人会说，我现在年纪还轻，死亡是很久很久以后的事情，等我岁数大了再作思考也还来得及。我甚至听一位朋友在过完了六十岁生日之后，听到人们谈论死亡，还一脸茫然地说，我从来没有想过这件事，它还遥不可及，以后再说吧。我暗惊，人都满了花甲，还说死亡遥远，这乐观可能要把他带到猝不及防的地步。更有人想，我身体很健康，当我身体不好时，再思考也不晚嘛！这些貌似有理的话背后，潜藏着胆怯和无知。死亡基本上是不会提前把请柬放到你的桌面上并准时赴约的。天有不测风云，人有旦夕祸福。你无法预计死亡拜访你的时间，但你可以提前预备好款待他的茶点。

看过一则小故事：有位老人得了癌症，当医生告诉他这个消息时，他很平静地面带笑容地说，我很感谢上帝让我得了癌症。医生非常吃惊，说，你得了癌症，不怨天尤人、惊惶失措，已很难得，为什么还要说感谢的话呢？老人说，到了我这个年纪，死亡就是我的邻居了，随时都可能来敲我的门。如果我得了脑溢血或是心肌梗死，我很可能一句话也来不及说就死了，那样我的亲人接受起来该多么困难。而且我还有很多要交代的事也都没了着落。现在，我得了癌症，我有很充足的时间能和亲人告别，能把诸事整理得清清爽爽。当死亡一定要来的时候，还有什么比这种方式更令人安心呢？这就是上帝所给予我的最好的礼物了。

钦佩这位老人——不是每个人都能有这种从容赴死的勇气和福气。再一想，事在人为。我们可以创造出一个局面，让死亡变得可以接受，让自己较少遗憾，让生命更多一点掌握在手中的安然——这就是提前做好应对死亡的心理准备。

思考死亡，是为了有备无患，更为了胸有成竹地生活。只有真正生活过的人，才能坦然平静地走向永恒的死亡。

回到游戏中来。请想象自己坐在一架客机上，宽敞平稳，飞机在万米的高空翱翔。突然，机身发抖，像个咯血的肺结核病人一样连续抖动，颠簸如此厉害，空姐要求大家把安全带系好。广播里传来机长的声音。他通知大家说飞机发生了严重的机械故障，正在紧急排除。但为了预防最危急的情况，现在将由乘务小姐分发纸笔，你有什么最后的遗言要向家人交代，请留在纸上。一切要尽快，乘务小姐会在三分钟后收取大家的纸条，然后统一密闭在特制的匣子里，这样即便飞机坠毁，遗言也可完整保存下来。按照飞机现在的飞行高度，在完全失去动力的情况下，还可以滑翔极短暂的时间……

乘务员小姐托着盘子走过来，惨白的面颊上，职业性的微笑已被僵硬的抽搐所代替。盘子里盛的不是饮料，不是纪念品，也不是航空里程登记表，而是纸和笔。人们无声地领取这特殊的用品，有抽泣声低低传来。

你领到了半张纸和一支短笔。现在，面对着这张纸，你将写下什么？

这就是我们的游戏。在生命遭遇突发危险，就要猝然截断的时候，一生浓缩成一部几十秒的VCD，在你的脑屏幕上急速放映。亲人像走马灯似的在你面前闪过，你对这个世界还有什么话说？

先请大家看一个例子。

1985年，一架日航班机失事坠毁，机上乘客全部罹难。飞机上，有一位五十二岁的河口博次先生，匆匆写下了自己的遗言：

再也不搭乘飞机了！神啊！请救我！

没想到昨天和大家共进的那顿饭是最后一餐了。

机内冒出类似爆炸后的浓烟，机身开始向下坠。往哪里去？会怎么样？妈妈（日本人习惯以此昵称妻子），发生这种事令人遗憾。再见了，孩子们的事就拜托您了！现在六点半，飞机正快速旋转下坠。

到今天为止，我的人生真的很幸福！由衷感谢！

很多做母亲的人会留下对孩子的嘱托，在这种时候，她们才发现以前和孩子相处的时间太少太少。很多陀螺一样旋转的旅行者才感到光忙着赶路了，忘了欣赏周围的风景。很多人想对这个世界说“我爱你们”，却不知谁能收到他的呼唤。很多人希望自己能在最后关头保持镇静，手却不停地发抖，以至于根本就留不下完整的字迹……一个曾有数年撕扯不断的婚外情的男人说，在这种时候，关键还不是说什么话，而是把话留给谁。

这个游戏很残酷，但残酷有时如同肥沃的土地，能长出震慑心魄的花朵。我相信在这种时刻，几乎没有人会叮咛自己的后代复仇，没有人会留下自己懊恼的遗憾，没有人会咬牙切齿地诅咒……留下的只能是眷恋的深情和未竟的嘱托，还有绵绵不尽的祝福。

请原谅我把你逼到了这样一种绝境当中。也许只有在绝境中，人性中最基本最朴素的光芒才会突破种种物质的阻力，迸出单纯而灼目的光芒。

感谢我的父母和我今生所经历过的一切。

亲人们、朋友们，我爱你们。

在巴伦支海沉没的俄罗斯核潜艇的水兵遗言中，留下了类似的话。在生死面前，往日琐碎的恩怨越飘越远，直至消散。突然而至的死亡像一管巨大的消字灵，把一些当初以为非常重要的字迹，覆盖成一片灰白。

我不知你将写下怎样的遗言，我也不知道你将把这宝贵的遗言转交给谁。但我相信它会触动你内心最深的角落，在那里引起波澜。

墓志铭是死亡之书的书签

Bi Shumin's
Growth Course

好了，热身游戏到此结束，言归正传——写下你的墓志铭。这是一个雅词，更直截了当的说法是，盖棺论定。

墓志铭这种东西，有两种写法：一是别人写，一是自己写。

趁自己还活着的时候，像孙悟空一个跟头翻到云中，从更辽阔的时空中来评价综述自己的一生。你是一个什么样的人，你有着怎样的爱好？你的经历当中最令人感怀和难忘的事件是什么？它可曾给予你自豪和成就？你的情感生活是否美满？你还有什么要对这个世界倾诉？你可有悔恨和遗憾要交代给大家？你爱谁？你恨谁？你还有哪些未竟的愿望？你还想唱什么歌？你还想看什么景……哎呀，可写的真不少。

中国有句古话，叫作“人之将死，其言也善”，说的是人到了死亡就要降临的那一刻，所讲的话很真实很善良，本性复苏，逼近了人性的光明。从医初始，我对这话半信半疑，心想，人都要死了，各器官都已衰竭，连平常脑力都达不到，还能说出更富哲理的话？当我亲眼看到死亡驾临的时候，不得不折服古人的睿智。那真是奇妙时刻，暴躁的人可能变得平静温柔，狭隘的人可能变得大气宽容，吝啬的人可能变得慷慨博爱……那种慈和温馨的气息，好像一种奇怪的香氛，弥漫在这些濒死的人周围，像绒毯一样裹住身心，令人忘却了死亡的沉重和冰冷，也让死者笼罩在宁馨的光环中。惊讶之余，我生出深深的感慨，人为什么要死到临头，才如此珍惜美好时光，为什么不能早些开始这种真正的生活？

并不是每个死去的人都有这种福气，让生命画上一个圆满的句号。我亲眼看到很多人依然在困惑孤独和愤怒中死去。有时又想，前面那种人，即使这种充满光彩的生活只有几日几小时，也依旧是高贵和值得回味的，后面那种人，才是彻头彻尾的悲剧。

墓志铭是死亡之书的书签。为了调剂咱们略显压抑的气氛，先来看几篇幽默的墓志铭。

在英国德比郡的一处墓园中，有这样一篇铭文：

这儿躺着钟表匠汤姆斯的躯壳，他将回到造物者手中，彻底清洗修复后，上好发条，行走在另一个世界。

教会执事为妻子刻了这样的碑文：

莎拉休特，1803—1840，世人请记取教训，她死于喋喋不休和过多的忧虑。

有对夫妻为出生三周便夭折的孩子写道：

墓碑下是我们的小宝贝，他既不哭也不闹，只活了二十一天，花掉我们四十块钱。他来到这世上，四处看了看，不太满意，就回去了。

大文豪萧伯纳的墓志铭：

我早就知道无论我活多久，这种事情还是一定会发生。

大作家海明威的墓志铭：

恕我不起来了！

死者生前为自己撰写的也很有趣。在英国约克郡地区，牙医的墓碑上写着：

我一辈子都花在为人填补蛀牙上头，现在这个墓穴得由我自己填进去啦。

著名科学家阿尔弗雷德·诺贝尔生前曾写下一篇短小精悍的自传：

阿·诺贝尔呱呱坠地之时，小生命差点断送在仁慈的医生手中。

主要美德：保持指甲干净，从不累及他人。

主要过失：终身不娶，脾气不佳，消化不良。

唯一愿望：不要让人活埋。

最大罪恶：不敬鬼神。

重要事迹：无。

现代著名作家老舍在1939年四十岁时，写下了一篇质朴自谦、旁敲侧击、妙趣横生、令人拍案叫绝的自传。这篇自传只有二百余字，全文如下：

舒舍予，字老舍，现年四十岁，面黄无发，生于北平。三岁失怙，可谓无父，学志之年，帝已不存，可谓无君。无父无君，特别孝爱老母。布尔乔亚之仁未能一扫空也。幼读三百篇，不求甚解。继学师范，遂奠教书匠之基。及壮，糊口四方，教书为业，甚难发财。每购奖券，以得末彩为荣，示甘于寒贱也。二十七岁发奋著书，科学、哲学无所懂，故写小说，博大家一笑，没什么了不得。三十四岁结婚，今已有一男一女，均狡猾可喜。闲时喜养花，不得其法，每每有叶无花，亦不忍弃。书无所不读，全无所获并不着急。教书做事均甚认真，往往吃亏，亦不后悔。如此而已，再活四十年也许能有点出息。

严格说起来，上述最后两则是自传，而不是墓志铭，但均有人生小结之意。

16 世纪德国数学家鲁道夫花了毕生的精力，把圆周率计算到小数点后 35 位，是当时世界上最精确的圆周率数值。在他的墓碑上就刻着：

$$\pi = 3.14159265358979323846264338327950288$$

“37，22，35，R.I.P”是美国影星玛丽莲·梦露的墓志铭，虽然简单，却给影迷留下了一个谜。最终这个谜由梦露研究会揭开，这三个数字表示梦露的胸围、腰围和臀围的英寸数，表明死者生前爱美的心愿。

古希腊著名数学家阿基米德的墓碑上刻着球内切于圆柱的图形，以纪念他发现球的体积和表面积均为其外切圆柱体积和表面的三分之二这条著名的几何学原理。德国数学家高斯因其发现了正十七边形的尺规作法，他的墓碑上刻上了一个正十七边形。法国生物学家巴斯德的墓碑上刻着许多小鸡、小羊和小狗。物理学家玻尔兹曼生前发现了热力学第二定律的统计解释，他的墓碑上只写着他发现的公式。

法国作家司汤达的墓志铭比较精练：

米兰人亨利·贝尔安眠于此。他曾经生存、写作、恋爱。

古希腊大数学家刁藩都的墓志铭：

过路人，这里埋葬着刁藩都的骨灰，下面的数字可以告诉你，他的一生有多长。他生命的六分之一是愉快的童年。在他生命的十二分之一，他的面颊上长了细细的胡须。如此，又过了一生的七分之一，他结了婚。婚后五年，他获得了第一个孩子，感到很幸福。可是命运给这个孩子在世界上的光辉灿烂的生命，只有他父亲的一半。自从儿子死后，他在深切的悲痛中活了四年，也结束了尘世的生涯。

关于墓志铭，还有一些小故事。狄更斯临终前，英国人民要求把他一生的功绩刻在墓碑上，而他却说：

我要求我的墓碑上只写查尔斯·狄更斯，除此之外，不要再写什么。

曾经“捕捉”天上雷电的美国科学家富兰克林的墓碑上刻的是：“印

刷工富兰克林”。因为他至死不忘并引以为自豪的，正是他青少年时代担任过印刷工。

俄国 19 世纪大诗人普希金的墓志铭，是他十六岁时为自己写的《我的墓志铭》诗：

这儿安葬着普希金和他年轻的缪斯，
还有爱情和懒惰，
共同度过愉快的一生；
他没做过什么好事，
可就心情来说，
却实实在在是个好人。

俄国大作家赫尔岑的墓志铭极富特色，总结坎坷命运与非凡成就，唤起人们去拼搏人生：

他的母亲路易莎·哈格和他的幼子柯立亚，乘船遇难淹死在海里；他的夫人娜塔利雅患结核症逝世；他的十七岁女儿丽莎自杀死去，他的一对三岁的双生儿子患白喉死亡。而他就只活了五十八岁！但是苦难不能把一个人白白毁掉。他留下三十卷文集，留下许多至今像火一样燃烧的文章，它们今天还鼓舞着人们前进。

以上多是外国名人的墓志铭，现在来看看中国的诗人。宋文帝元嘉四年丁卯九月，也就是公元 427 年，陶渊明在自己逝世前的绝笔《自祭文》中写道：

天寒夜长，风气萧索，陶子将辞逆旅之馆，永归于本宅……识运知命，畴能罔眷，余今斯化，可以无恨……匪贵前誉，孰重后歌？人生实难，死如之何？呜呼哀哉！

陶老先生时年六十三岁，在秋风瑟瑟大限将至的时候，把人生看成了寄居的旅店，说自己就要回老家了，堪称达观和安然。他回顾了自己的一生，总结自己可以无憾而逝，也算心安了。他再次重申自己不看重生前的称誉，当然更不在乎身后的咏歌。老人家最后发出一个大感慨，说人既然活得这样艰难，死又能怎么样呢？有一点“我都不怕活着，难道还要怕死吗”的略带凄凉的豪气了。

也许有人会说，你怎么总举远处的例子，举个现代的例子，最好人还活着，行吗？好。

北京师范大学前校长陈垣的高足，北师大教授、著名书法家启功先生，早在 1978 年他虚岁六十六之时，就为自己预撰了自传式的墓志铭。原文是：

中学生，副教授。博不精，专不透。名虽扬，实不够。高不成，低不就。瘫趋左，派曾右。面微圆，皮欠厚。妻已亡，并无后。

丧犹新，病照旧。六十六，非不寿。八宝山，渐相凑。计平生，谥曰陋。身与名，一齐臭！

这则墓志铭，既有生平，也有评价，文字诙谐，反映了启功先生开朗、豁达、乐观的性格。

大卫·奥格威是一个富于创新的商界巨子，是世界十大广告公司之一的奥美广告的创办者。他曾经没有钱，没有学历，但他拥有过人的才智、天分和创造力。他成为广告人最完美的典范。从劳斯莱斯汽车到美林证券，从 IBM 到英国、法国、美国政府，都在他的客户名单上。

奥格威年幼时在英格兰饱受贫困之苦，青年时代在巴黎当过厨师，在苏格兰向修女卖过炉子，如今攀登到了广告世界的顶峰。奥格威说，他对天堂的想法和济慈一样，“给我书本、水果和法国酒，以及好天气”。

赫瑞斯在提前为他撰写的墓志铭里，这样写道：

这是个快乐的人，而且是个独乐的人。这个可以说今天是他自己的，内心无忧无虑的人，能够说：让他们明天倒霉去吧，反正我活过了今天。

再讲一个普通人的例子。在俄罗斯，有一位年轻的汉学家叫彼德罗夫。他研究鲁迅、瞿秋白、巴金、老舍、郁达夫……他一直是个讲师，连副教授也没有做到。逝去之后，在自己的墓碑上只留下了一个大大的汉字：

梦

罗列了这么多墓志铭，也许有人要讥我掉书袋了。一是我真心喜欢这些墓志铭，二来觉得这个游戏挑战性较大，多几个摹本，可能会有帮助。就此打住。虽然我们在各方面都和伟人们有很大差距，但有一方面伟人们不如我们，那就是他们没有玩过这个游戏，他们已经沉入地下，来不及补充和改变了，而你我还活着。他们犹如盐粒，静静地融化于历史之水，而我们还是活泼的小鱼。一切都还有改变的时间和机遇，你可以修改你的墓志铭。

写下你的墓志铭，在某种意义上讲，你就总结了一生。你不可能伪造一个声名显赫的人居住在你的墓志铭下，那是别人而不是你。你也不可能把一大堆不属于你的功绩记在他的名下，因为那也不是你。你到底是怎样一个人，墓志铭只有如实写来。这个游戏的好处就是，你还有足够的时间来重新拟定你的墓志铭。如果你对自己的平庸不满意，你还有时间重振雄风。如果你对自己的浅薄不满意，你还有时间走向深沉。如果你对自己的专业不满意，你还可以选择职业。如果你对自己的性格不满意，你还来得及重塑形象。

面向死亡的修行，是为了更好地活着

Bi Shumin's Growth Course

这个游戏，可以有两个版本。一是如上所说，就你目前的状况，为自己草拟一份墓志铭，就像一场提前到来的死亡，你要面对的是自己的前半生。当这个版本完成之后，你还可以为自己草拟一份将来的墓志铭。那是你替自己设计的一份礼物，那是你对远方的翘望和期许。

可否找一个文件夹，留下你在飞机失事时的片段遗言，留下你为现在的自己写下的墓志铭,留下你为将来的自己写下的墓志铭。过几年，再翻出来看一看。心灵游戏在不同时间段里，会有不同的结果。这不是游戏不准或是伪科学什么的，只说明你在飞速变化当中。

变化是不能简单地以好还是不好来评价，有沧桑有浮沉，有成长也有蜕变。如果你有心，会从这里看到自己在命运之海中游泳的一招一式，会对自己粲然一笑或是长思不语。在这些泛黄的纸片中，你会看到自己不变的追求和变化的岁月。

我曾和大学生们讨论过墓志铭，现把结果附在书尾，供大家参考。

生命乃通向死亡的单行道。假如能视死如旅，临死之前，能肯定自己的人生在某种意义上有价值的人，大多可以平静地死亡。

长的是人生，短的是年轻，所有面向死亡的修行，都是为了更好地活着。

My epitaph

我的墓志铭

如 果 实 在 写 不 出 ， 也 可 以 让 它 暂 时 空 白 ……

Bi Shumin's
Growth Course

角落里的那盆花，其貌不扬，

还傻乎乎地疯长。生命真的令人敬仰。

游戏七：生命线

Game 7: The Life Course

生命最宝贵之处，并不在它的长度，

而在它的广度和深度。

如果我们能很精彩地过好每一分钟，

那么这些分钟的总和，也必定精彩。

画出人生的路线图

Bi Shumin's Growth Course

现在，我们要进入本书最后一个游戏——“生命线”。你可能要说，生命线是个什么东西啊，和铁路线、航线有什么不同？生命线是你我都有的东西，人手一份，不多不少。人间有多少条性命，就有多少条生命线。生命线就是每人生命走过的路线。

这个游戏就是画出你人生的路线图。

地图很重要，对热爱军事和旅游的朋友来说，感受一定更深切。偶尔翻到一本关于家庭装饰的书，谈到厨房，才晓得最好的橱柜，不仅要看有多少实用拉篮和舒适手柄，也不仅要看箱板的环保和台面的材质，更要符合主妇在厨房中走动的路线，品相才是最佳。不由得感叹，连厨房收纳锅碗瓢勺的橱柜，都和行走的路线有关，何况你我的人生！

好，开始。请备好一张洁白的纸。

你可能要说，已经用了六张白纸，为什么每个游戏都离不开白纸？一个好问题。游戏是面对内心的开掘，如果和朋友们一道做，可讨论的材料就多些。我们选择了独处。在更深人静的夜晚，单独碰撞内心的底层，白纸是我们的好伴侣。你心我心原本白纸，形形色色的人在上面涂抹过痕迹，纸变得斑驳芜杂。经过我们的涂擦清理，心又渐渐归于简明和洁净。柔软的风轻轻拂过，挟着我们不愿保留的印记，渐淡渐远，留下的线条俊朗清明。我们知道那些线索是从哪里来，我们也知道它们要到哪里去。我们珍爱它们，承认它们已是生命的底色。我们还要用自己的手和笔，将白纸描绘得更为瑰丽。

还请备一支红蓝铅笔。彩笔也行，需一支较鲜艳，一支较暗淡。要用颜色区分心情。

先把白纸摆好，横放最好。如果你一定要把纸竖起来，当然也没问题。不过，一会儿用起来不方便的时候，可别怪我事先没告诉你啊。

在纸的中部，从左至右画一道长长的横线。多长呢？随意，长短皆可。就我个人爱好来说，长比短好。你可按照自己的喜好决定。

步骤完成之后，纸上将会出现一条直线：

然后给这条线加上一个箭头，让它成为一条有方向的线。

——————————————→

然后，请你在线条的左侧，写上“0”这个数字，在线条右方，箭头旁边，写上你为自己预计的寿数。可以写68，也可以写100。

0 ——————————————→ 100

此刻，请你在这条线的最上方，写上你的名字，再写上“生命线”三个字。游戏的准备工作就基本完成了。

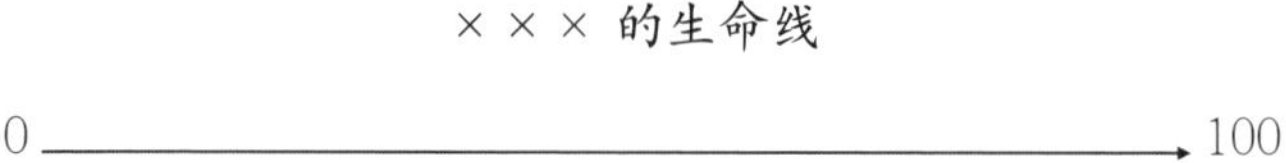

一张洁白的纸，写有“×××的生命线”的字样，其下有一条有方向的线条，代表了你的生命的长度。它有起点，也有终点，你为它规定了具体的时限。请一寸一寸地抚摸这条线。它就是你脚步的蓝图。无论你走到哪里，都走不出它的坐标系。

也许有人说，我不爱计划自己的人生。我讲几个观点不同的小故事。

一个是国外某著名学府在硕士毕业的典礼上，让大家填写自己的人生理想，其中只有百分之三的人有明确的志向，其余的人，有的朦朦胧胧，有的干脆就没有自己的人生规划。若干年过去了，学校把学生们的发展情况做了一番调查，发现有目标的人比没有目标的人，取得的成就要辉煌很多。这所学府的名字叫作哈佛。

另有一位很知名的房地产人士去了趟日本，看到日本人把每天行程安排得井井有条，一分钟都不差，一排就排到了几个月甚至半年一年以后。他把自己的日程也这样安排起来，过了一段时间之后，他发现不排计划的一周过得很慢，排好计划的一周过得很快，因为周一就知道这一周该怎么过，这是在缩短生命，起码在感觉上是觉得在缩短生命。更让人感到不舒服的是，你想见的人，因为未入计划不能见。等到可以见的时候，已时过境迁，人家可能不想见你了，你也不想见他了。这样的计划就让人的生命质量下降了。所以，他干脆不给自己制订什么计划，给日程留下大量的空白和机动性。

见仁见智。就具体的时间表来说，每个人有不同的喜好安排，不必强求一致。就整个一生来说，我以为有计划比没有计划要好，这不但是从成就事业的角度讲，而且是从保护健康的角度讲。纽约一位杰出的医生宣布："在检查过一万五千三百二十一位纽约市民之后，我开始认识到这些病人的主要问题是在生活中缺乏价值观和目标计划。"

返回你的生命线。请你按照你为自己规定的生命长度，找到你目前所在的那个点。比如你打算活七十五岁，你现在只有二十五岁，你就在整个线段的三分之一处，留下一个标志。之后，请在你的标志的左边，即代表着过去岁月的那部分，把对你有着重大影响的事件用笔标出来。比如七岁你上学了，你就找到和七岁相对应的位置，填写上学这件事。注意，如果你觉得是件快乐的事，你就用鲜艳的笔来写，并要写在生命线的上方。如果你觉得快乐非凡，你就把这件事的位置写得更高些。假如，十岁时，你的祖母去世了，她的离世对你造成了极大的创伤，你就在生命线十岁的位置下方，用暗淡的颜色把它记录下来。抑或，十七岁高考失利……你痛苦非凡，就继续在生命线的相应下方很深的陷落处留下记载。依此操作，你就用不同颜色的彩笔和不同位置的高低，记录了自己在今天之前的生命历程。

完成之后，它大概是这样的：

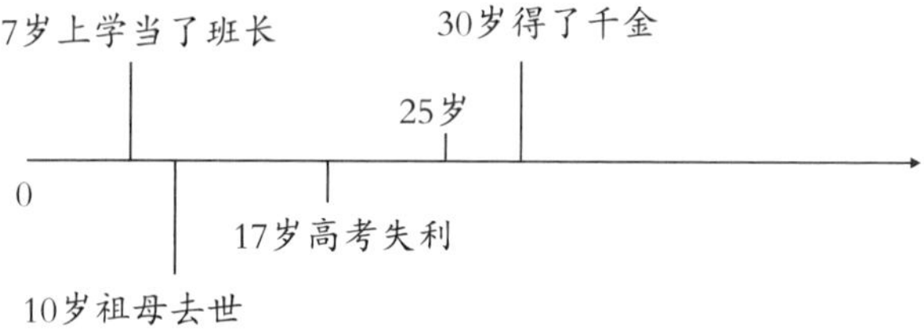

以上只是一个示意图，相信各位心灵手巧，绘出的生命线一定比我的这张简图要精致得多。

过去时的部分已经完成，你要看一看，数一数，在影响你的重大事件中，位于横线之上的部分多，还是位于横线之下的部分多？上升和陷落的幅度怎样？最重要的是看你个人对这件事的感受，而不在于世俗的评判。比如大家对父母去世这样的哀伤通常认可并理解，但对于谁把一只小猫的走失当成感情上的大挫折，就会不以为然。其实，对一个孩子来讲，如果在他的世界里，这只小猫情同手足，是生活中非常重要的一部分，失去它就会感到极大的悲伤和孤独，必须给予尊重。埃及街头，就到处是猫。人们认为在猫的身体里储存着阳光，猫受到尊重……总之，你的真实感受是重中之重。

完成了过去时，我们进入将来时。既然是一生的规划，你有什么想法就一股脑儿地写出来吧。很多人在这时犯了愁，不是他没有计划，而是他很少将这些计划在时间上固定下来。记得我从小就说过自己以后要当一个作家，可是一年一年地拖了下去，直到我已经三十多岁了，有一天，我弟弟对我说，我早就知道你想当一个作家，可是你都这么大年纪了，你什么时候才来实现自己的梦想呢？弟弟这句话对我的鞭策很大，我知道属于我的时间是有限的，如果我有一个理想，有一个愿望，那么我要把它落到实处。就像一锅豆子的浆液，要把决心的卤水点进去，让豆花慢慢凝固，从流动的液体变成固体。几天之后，上夜班的时候（那时候我还是内科主治医师，值班没病人的时候，我可以读书和写东西。）我开始写下了平生的第一篇小说。时间这个向量是非常重要的，你不能当一个口头理想家，而要踏踏实实地和时间结成钢铁联盟。

在你的坐标线上，把你这一生想干的事，都标出来。如果有可能，尽量把时间注明。视它们带给你的快乐和期待的程度，标在线的上方。如果它是你的至爱，就请用鲜艳的笔墨，高高地填写在你的生命线最上方。

当然，在将来的生涯中，还有挫折和困难，比如父母的逝去，比如孩子的离家，比如各种意外的发生，不妨一一用黑笔将它们在生命线的下方大略勾勒出来，这样我们的生命线才称得上完整。

这一部分可能要花费你多一些时间，但一张将引导你今后很多年的路线图，值得精雕细刻。全部完成之后，这张表就代表了你的人生蓝图。你可要保管好啊，它是你今后的指南针。

My life course

你是你的总设计师。

现在，我们来看你的生命线。

你完全可以大胆想象，

假如，你把它画在自己家的墙壁上，会怎样？

首先，你要看看你亲手写下的这些事件，是位于线的上半部分较多还是下半部分较多？也就是说，是快乐的时候比较多，还是痛苦的时候比较多？这不是评判你选择的正误和你生活质量的优劣，而是看你感受如何。如果你觉得这样还好，你就不妨如此继续下去。如果你不甘心，可以尝试变化。

世上没有什么事是一定指向倒退或是前进。上大学是好事，但如果没能考上自己理想的学校和专业，也会带来深切的不快。父母离婚是坏事，但如果能妥善应对，也未尝不是奋发的动力。亲人逝去肯定不是让人高兴的事情，但从更宏大的范畴来看，这是宇宙间永远的不可抵挡的规律，对规律我们只能接纳和服从，抵御和对抗的情绪，都是不智的徒然。纵观人类的发展史，很多伟人都是在亲人逝去之后，励精图治，成就大业。父母逝去让他们警醒到自己的责任。更不消说中国古代“塞翁失马，焉知非福”的故事，你说要是让那位塞上老先生做这个游戏，他把失马这件事画在生命线的上方还是下方？

如果你的生命线上所标示的事件，大部分都在水平线以下，那么，是否可以考虑调整一下自己看世界的眼光？你对未来的估计是不是太幽暗了一些？如果是，你对你的情况是否满意？如果满意，这就是你的性格所选择的生活了。多种价值观和生活方式并存，正是当今世界的特点之一。如果你觉得有改变它们的愿望，那么你可以试着用另一种眼光来看待世界。如果你的所有事件都标在了水平线之上，也并非就一味值得恭贺。前些日子，在电视里看到一位艺人得了重病，她还表示要带给大家欢乐，并为不能时时带给大家更多的快乐而内疚。我心中很难过，人并不是非要时时都快乐并且必须要让别人都快乐。人也不可能时时都快乐，一生都快乐。这不符合逻辑，且根本做不到。

承认自己的局限，承认人生是波澜起伏的过程，接纳自己的悲哀和沮丧，都是正常生活的一部分，犹如黄连和甘草，都是医病的良药。不要把快乐当成负担和义务，不要把快乐变成装饰和表面文章。我相信快乐和不快乐是相辅相成的感受，我都尊重它们，每个人可由自己的心愿来选择它们的比例，不被它们牵着鼻子走。我不愿成为哀伤的奴隶，同理，我也不愿成为快乐的用人。

有一位国外的学者，得了罕见的癌症。他一次次和疾病斗争，直到生命垂危的时刻。他说："从我的肿瘤第一次被诊断，到我完全依赖轮椅，我不断地意识到我失去的绝不仅仅是我的腿，我还丧失了部分自我。并不是别人对我的方式有所不同，而是我已经在思想、自我形象和生存的基本条件上发生了改变，我所熟悉的一切正在越来越快地离我远去……我不再认为生病是对自己的惩罚或是评判，在我生病的体验中，被迫放弃了最珍视的设想，即个人是不可毁灭的设想。我不由得思索人生还有什么意义，还有什么神圣可言？原以为生命是可以掌握可以预见的并且是可以永远存在的，因此我可以控制我们的命运，生病破坏了这种基本的神圣不可侵犯感，迫使我承认自己的软弱和生命的必然灭绝。我想告诉你，我是一个生命垂危的病人，但此时我的心中充满了欢愉与平静，我认为我已经康复了。我的心已经康复了，这正是我一辈子所追求的……"

我读到这些话时热泪盈眶。如果我们画出他的生命线，那么，按照惯常的思维，是一定要把这个事件记录在生命线的下方，而且是深深的谷底。至于死到临头的时刻，更是一泻千里的灰暗了。但这位学者，却在灾难中完成了自己的涅槃，他的生命线达到了从未有过的高度。

活在当下，是获得幸福百试不爽的诀窍

Bi Shumin's Growth Course

生命线画完成之后，请把注意力集中在此时此刻。你要说啦，我以前的事还没有思索清楚，以后的事还没有理清头绪，你怎么让我把心思聚在当下？

以前的事已经发生过了，哪怕是再可怕的事件，也已过去。你不可改变它，能够改变的是我们看待它的角度。一个人的成熟度，在于这个人治愈自己创伤的程度。过去是重要的，但它再重要，也没有你的此刻重要。

活在当下，活在此时此刻，这是获得幸福百试不爽的诀窍。

这不是今朝有酒今朝醉的颓唐和短视，而是脚踏实地的清醒把握。过去已成定局，将来在于努力。真正抓在你的手里的只有此时此刻。你的感官向着此时此地开放，你看到的是眼前的事物，听到的是耳边

的声响，闻到的是近前的气味，触到的是身旁的温度，摸到的是指尖的感觉，尝到的是口中的滋味……把握当前，更是对生命本体的尊重。

有一则著名的佛家故事，说的是一个人跌下了一口干枯的深井，掉下去就会粉身碎骨。幸好这人慌乱中伸手乱抓，揪住了一束枯藤。往上看，碗口大的一圈蓝天是那么高远，往下看，井底是密密麻麻的一窝毒蛇，正吐着火红的毒信。突然，他听到了咯吱咯吱的声音，原来是一只老鼠正在噬咬着枯藤，碎屑簌簌而下，枯藤就要断了……正在这时，他看到了井壁上盛开着一朵不知名的小花，娇艳的花瓣迎风摇曳。于是，他欢畅地微笑了。

这是一个关注此时此刻的极好例子。是的，片刻之后，鼠咬就会切断古藤，这个人就要坠下古井，即便他不被摔死，也会被饥饿的毒蛇吞噬。属于他的时间也许只有几分几十秒，可谁又能阻止他面对小花的微笑？谁又能剥夺他轻松的快乐和享受？退一万步讲，就算他噤若寒蝉，就算他泪如雨下，又能对残酷的事实有何补救？站着也是死，卧着也是死，何不仰天长啸，从容微笑呢？

关注此时此刻，是建立在对未来明晰的眺望之下，很清醒地采取的人生态度。有人说，井壁上的人还有心思看着野花笑，太傻了。为什么不利用这最后的机会攀住缝隙，再为自己争取一点时间呢？为什么不大声呼救，也许还有生还的希望？

我无法反驳这些假设，所有的比喻都是蹩脚的。这个故事只是想说明，在最绝望的时刻，我们也依然可以保持心境的平和，关注和发现眼前的美好。

生命最宝贵之处，并不在它的长度，而在它的广度和深度。如果我们能很精彩地过好每一分钟，那么这些分钟的总和，也必定精彩。

看着你的生命线，也许你会激荡起时不我待的豪情。我们的生命是有限的，无论你为自己设置的结尾是多么遥远，总有一个尽头。当一个人很年轻的时候，就知道我们的生命有结束的那一天，我觉得这是一件幸事。青春是可以稍微挥霍一下的，但要有一个限度。你可以挥霍早春，但不可以挥霍夏天。如果你忘记在春天播种，过了节气，收获的谷粒就无法饱满。

生命线不是掌握在别人手里，它只有一个主人，就是你自己。无论你的生命线是长是短，每一笔都由你来涂画。如果你细心地查找，可以看到很多依稀的影子在这条线上出没。我看到过一个女孩所画的生命线，只到了四十五岁就停止了。我觉得这实在是有些短，因为目前我国人口的平均寿命已经到了七十岁以上，女性的预期寿命更长一点。我说，你为什么画了这么短的一条线，是不是厌倦了人生？她说，正相反，我无比地留恋人生。我说，这就怪了，留恋就该画得更长，怎能戛然而止？

她回答说，我的外婆只活了四十五岁，我有什么理由比外婆活得更长久？我说，你是不是特别思念你的外婆？她的眼眶立刻盈满了水，说，外婆最疼我了，自她死后，我觉得这世上的人都不配活过四十五岁。

那天我们就此事谈了很久。一个人的生命线居然如此强烈地受着一个已经过世的人影响，这一定是当年那位疼爱外孙女的外婆所没有想到的。这个女孩把对外婆的爱戴化成了对自己的惩罚，甚至自己一生的安排，都受到了制约和影响。我开玩笑地对她说，幸好我们今天做了这个游戏，你觉察到了心中潜伏的暗流。要不然啊，你很有可能在四十五岁之前就生出一场恶病，使自己的生命受到强烈的威胁。因为这种不良的暗示，会被我们的潜意识接收。潜意识这套系统，你说它聪明，它真能破译和指示很多我们在意识层面无法解决的难题。你要说它笨啊，很多时候也会弄巧成拙。因为它时时刻刻在监听着你的信息，你一再对自己说，我不要活到四十五岁，它就把它当成是你的真实愿望，认真地去操办了，它就会在这个期限之前，让你生一场重病，它以为这是帮了你，其实这并不是你的真正愿望。

女孩眼中的泪水被惊讶烘干，紧张地说，你不要吓我，真会这样吗？我说，有很多研究的确证明了这一点。当然这不是绝对的，不是我们每一次微小的疾病后面都有这样的意义，但很多疾病确实是有意义的，事关生命，不可掉以轻心。要用一种普遍相关的透视法去考察生病的意义，那些我们没有意识到的情感和信念，常常会导致一些病状，使病情发生甚至药石罔效。

展望未来，拼出幸福的图谱

Bi Shumin's Growth Course

生命线还能凸现出很多和你关联的信息，看你是否善于从这些宝贵的信息中，拼接出你内在的图谱。比如你在生命线上随手写下的数字，基本上是有意义的，但这意义别人无法破解，只有靠你的智慧和回忆。不要放过它们，这种寻找虽然十分辛苦，但对我们也许很有益处。

还有一位年轻的朋友，他遇到的难处是在生命线的左面，他找不到任何值得记录的事情。也就是说，他的生命线的过去时部分，是一片空白。我很惊讶，问他，难道你的生活中就没有发生过让你感动或是伤心或是喜悦的任何事件吗？

他很无辜地看着我说，我想不起有什么可记载的事。但是，我在生命线的右面，就是我的将来部分，写下了很多要干的事，比如我要成为优秀的科学家，我要周游世界，我还要娶一位美丽妻子和生很多孩子，当然不能违背计划生育的政策，我很可能移民到国外……

我仔细看看他的生命线，左面果真一片空白，右面密密麻麻。他的这番话虽可自圆其说，我还是觉得哪里出了毛病。

后来，我和他讨论，说你觉得自己的前半生一事无成，把希望都寄托在后半生，许给了自己和大家一张空头支票。我不相信一个在前半生一事无成的人，在后半生会硕果累累。当然了，有些人属于蓄势待发，大器晚成，可以很长时间默默无闻，突然间就一鸣惊人。但他们和你不一样，我相信如果让这样的人填画一张生命线的话，他们不会像你这样悲观，他们会如实地写下隐而不发的锻炼过程。他们很清楚自己是在积累中，而你却是真正的一穷二白。

那小伙子听了我的这一席话，突然怨怒起来，说，我写什么？我从上幼儿园到上小学上中学直到上大学，都是父母一手包办的。这不是我的功劳，也不是我的业绩，你让我如何写？

我看他发火，反倒释然，知道这触动了他。我说，是不是你觉得自己以前一直是在父母的庇护之下，从没有凭着自己的努力真正生活过，所以你才把它们变成一片空白？

他说，正是。

我说，我从这里面看出了你想要改变的决心。但是，既然是改变，就要从此时此刻开始。我就不相信在你二十多年的生命过程中，就没有一件事是自主的。如果你找不到这样的事，今后的改变也很难落到实处。

他认真想了想说，有一件事是我自己独立完成的。这就是上大学的时候，从南方到北方，人生地不熟的，父母一定要送我到校。我说，我自己去，又不是小学生。后来，在我的一再坚持下，他们只得放弃初衷，同意我独自上学。可是这件事很小，很平常，班上同学有比我更远的，也都是自己到校，我还有什么可写的呢？

我说，一定要写上。不在路途远近，而在于这是你独立完成的事。在你的生命线上，是一件大事。

后来，我看到那个男生在生命线的左面，郑重地写上了“21 岁，独自上大学”。这种发现和肯定，对他是一个崭新的经验。在为自己规划的征程上，这种感觉是制胜的法宝之一，但愿他一旦拥有，不言放弃。

如果你对今后的规划很多，你的生命线的右侧上方风雨不透，我有一个善意的提示，你是否要注意生态平衡，适当地间间苗，让计划瘦身一些？断其十指不如伤其一指，一个人的精力总是有限的，如果你没有过人的天赋和极好的运气，不可能四处开花八方结果。如果你的计划订得太稀少和低落，那我可要送你一段话。这段话不是我说的，是伟大的人本主义心理学家马斯洛所说：

如果你有意地避重就轻，去做比你尽力所能做到的更小的事情，那么我警告你，在你今后的日子里，你将是很不幸的。因为你总是

要逃避那些和你的能力相联系的各种机会和可能性。

我常常遇到一些饱含怒火却又无处宣泄的人，他们似乎觉得全世界都亏待了他们，他们为什么有这么大的怨气，我在很长的时间内找不到答案，后来，我看到了马斯洛的这段话，恍然大悟。

消极思维的人，对事物永远都会找到消极的角度，总能找到抱怨的借口，最终得到消极的结果。而消极的结果又会逆向强化消极思维，从而使人成为更加消极的思维者。

幸福是一种主观感觉。你没有给自己的潜能一个正常发挥的渠道，它怀才不遇，你就没有幸福可言。很多献身于自己事业的人，虽然未必个个都能成功，但他们乐此不疲，就是找到了和自己的能力相对应的领域，在这个探索的过程中，他们收获了由衷的快乐。如果你始终在逃避，躲开挑战，做比你已经具备的能力要低的事情，表面上看起来，你减低了风险，让自己处在一个安全系数更高的避风港里，但你却把自己最宝贵的能量束缚了起来，捆绑着它，监视着它，禁锢着它。它所具备的动力无以释放，只得变成苦恼的源泉，在你的体内奔突不止，希图引起你的注意，改变你的方式，让它一展宏图。

怎么样，朋友，如果你不幸地落入到这个窠臼之中，就要图强自救。看看你的生命线的右面，是不是你在逃避做和你的能力相匹配的事业？你在不停地说服自己降低标准，你以为这样是对自己负责，殊不知不把生命的能量发挥到极致，才是对自己最大的不负责任。可以说，在我们的机体的这块燧石中，究竟蕴含着怎样的火花，如果不去敲打，谁也无法预计。

有人说，我现在画出了自己的生命线规划蓝图，以后还会不会变化呢？不要把一个游戏看得玄妙，它只是想激起你的警觉，在纷杂的现代生活中，腾出那么一点点时间，眺望远方，拓开一条属于自己的小路。几年以后，你对自己的筹划也许会有改变，但眺望永远是需要的，大方向永远是需要的，改变也是需要的。不要因为将来的改变，而不肯在今天做出决定。如果有人一生都无须改变，那他要么是未卜先知，具有极高悟性和远见卓识的天才，要么就是僵化和刻板的化石。

别总盯着树上最丰盈的果子，专心致志地做好你最感兴趣的那件事。如果你有兴趣，不妨过上个三年五载，再用十分钟时间，把这个游戏做一遍。把以前的卷子找出来，比照着看看，也许有碰撞和修正。

到此为止，我们所有七个游戏已全部完成。感谢在这段难忘的过程里，你们所付出的时间，也感谢在这些日子里，你们给予我的信任和友谊。

大约三十五年以前，我在西藏当兵。山高路远，大雪封山。深夜面对苍穹，那里是离天很近的地方，星星又大又亮，好像冰川跌碎的碴儿又被镀上了锡。

我身后安眠着刚刚牺牲的战友，我知道他的生命和我一样宝贵，却已中断。我对天盟愿，今生今世要好好珍惜我所拥有的一切，并为他人祈福。

我们要有健康的体魄，要有茁壮的内心，要能和这个世界和平相处。一个人的尊严，是生命赋予的荣誉。而“人类的健康和尊严是不可分割的”。这是最先确认了SARS这种人类尚未认识的传染病并为之殉职的无国界医生卡洛·乌尔巴尼所说的。

我喜欢纯真朴实的年代，敬佩坦荡勇敢的人；希望看到生命如大地，绿草茵茵，三色花怒放；虽然有虫子，但也有啄木鸟；喜欢让自己的汗水在土地里生根发芽，长出金色的麦穗，不是用于炫耀光芒，而是在暗夜中照亮你我安详的脸庞。

休 息 了

附录一：毕淑敏的五样

Bi Shumin's Growth Course

老师出了题目——写下“你生命中最宝贵的五样东西”，我拿着笔，面对一张白纸，周围一下静寂无声。万物好似缩微成超市货架上的物品，平铺直叙摆在那里，等待你用手挑选。货筐是那样小而致密，世上的林林总总，只有五样可以塞入。

也许是当过医生的缘故，片刻的斟酌之后，我本能地挥笔写下：空气、水、太阳……

这当然是不错的。你不可能设想在一个没有空气和水的星球上，滋长出如此斑斓多彩的生命。但我很快发现自己陷入了困境——如果继续按照医学的逻辑推下去，马上就该写下心脏和气管，它们对于生命之泵也是绝不可缺的零件。结果呢，我的小筐子立马就装满了，五项指标，额度用尽。想想那答案的雏形将是：我生命中最宝贵的东西——空气、水、阳光、气管、心脏……哈！充满了科普意味。

如此写下去，恐有弊病。测验的功能，是辅导我们分辨出什么是自我生命中最重要的因子，以至面临人生的重大选择和丧失时，会比较地镇定从容，妥帖地排出轻重缓急。而我的答案，抽象粗放，大而化之，缺乏甄别和实用性。

改弦易辙。我决定在水、空气和阳光三要素之后，写下对我个人更为独特和生死攸关的因子。

于是，第四样——鲜花。

真有些不好意思啊。挂着露滴的鲜花，那样娇弱纤巧，似乎和庄严的题目开了一个玩笑。但我真是如此挚爱它们，觉得它们美丽无比，不可或缺。绚烂的有刺的鲜花，象征着生活的美好和无可回避的艰难，愿有一束火红的玫瑰，伴我到天涯。

写下鲜花之后，仅剩一样挑选的余地了。刹那间，无数声音充斥耳鼓，聒噪地申述着自己的不可替代性，想在最后一分钟，挤进我珍贵的小筐。

偷着觑了一眼同学们的答案，不禁有些惶然。

有人写下“父母”。我顿觉自己不孝。是啊，对于我的生命来说，父母难道不是极为宝贵的因素吗？且不说没有他们哪来的我，单是一想到他们会先我而去，等待我的是生离死别，永无相见，心就极快地冰冷成坨。

有人写下“孩子”。我惴惴不安，甚至觉得自己负罪在身。那个幼小的生命，与我血脉相连。我怎能在关键的时刻，将他遗漏?

有人写下“爱人”。我便更惭愧了。说真的，在刚才的抉择过程中，几乎将他忘了。或许因为潜意识里，认为在未曾识得他之前，我的生命就已存许久。我们也曾有约，无论谁先走，剩下的那人都要一如既往地好好活着。既然当初不是同月同日生，将来也难得同月同日死，彼此已商定不是生命的必需，未进提名，也有几分理由吧?

正不知将手中的孤球，抛向何处，老师一句话救了我。她说，这生命中最宝贵的东西，不必从逻辑上思索推敲是否成立，只须是你情感上的真爱即可。

凝神再想。

略一顿挫之后，拟写“电脑”。因为基本上已不用笔写作，电脑便成了我密不可分的工作伴侣。落笔之际我凝思，电脑在此处，并不只是单纯的工具，当是一种象征，代表我挚爱的劳动和神圣的职责。很快我又联想到电脑所受制约较多，比如停电或是病毒入侵，都会让我无所依傍。唯有朴素的笔，虽原始简陋，却可朝夕相伴，风雨兼程。

于是洁白的纸上，记下了我生命中最宝贵的五样东西——水、阳光、空气、鲜花和笔（未按笔画为序，排名不分先后）。

同学们嘻嘻笑着，彼此交换答案。一看之后，却都不作声了。我吃惊地发现，每人的物件，万千气象，绝不雷同，有些简直让人瞠目结舌。比如某男士的“足球”,某女士的“巧克力”,在我就大不以为然。但老师再三提示，不要以自己的观点去衡量他人，于是不露声色。

接下来，老师说，好吧，每个人在你写下的五样当中，划去相对不那么重要的一样，只剩下四样。

权衡之后,我在五样中的“鲜花”一栏旁边,打了一个小小的“×”字，表示在无奈的选择当中，将最先放弃清丽芬芳的它。

老师走过来看到了，说，不能只是在一旁做个小记号，放弃就意味着彻底的割舍。你必得用笔把它全部涂掉。

依法办了，将笔尖重重刺下。当鲜花被墨笔腰斩的那一刻，顿觉四周惨失颜色，犹如本世纪初叶的黑白默片。我拢拢头发咬咬牙，对自己说，与剩下的四样相比，带有奢侈和浪漫情调的鲜花，在重要性上毕竟逊了一筹，舍就舍了吧。虽然花香不再，所幸生命大致完整。

请将剩下的四类当中,再剔去一种,仅剩三样。老师的声音很平和,却带有一种不容商榷的断然压力。

我面对自己的纸,犯了难。阳光、水、空气和笔……删掉哪样是好?思忖片刻，提笔把“水”划去了。从医学知识上讲，没有了空气，人只能苟延残喘几分钟，没有了水，在若干小时内尚可坚持。两害相权取其轻吧。

也许女人真是水做的骨肉,“水”一被勾销，立觉喉咙苦涩，舌头肿痛，心也随之焦躁成灰，人好似成了金字塔里的木乃伊。

我已经约略猜到了老师的程序，便有隐隐的痛楚弥漫开来。不断丧失的恐惧，化作乌云大兵压境。痛苦的抉择似一条苦难巷道，弯弯曲曲伸向远方。

果然，老师说，继续划去一样，只剩两样。

这时教室内变得很寂静，好似荒凉的墓冢。每个人都在冥思苦想举棋不定。我已顾不得探查他人的答案，面对着自己人生的白纸，愁肠百结。

笔、阳光、空气……何去何从？

闭起眼睛一跺脚，我把“空气”划去了。

刹那间好像有一双阴冷的鹰爪，扼住我的咽喉，手指发麻，眼冒金星，心擂如鼓，气息屏窒……

我曾在海拔五千多米的冰山上攀援绝壁，缺氧的滋味撕心裂肺。无论谁隔绝了空气，生命便飘然而逝。一切只能成为哲学意义上的讨论。

好了，现在再划去一样，只剩下最后一样。老师的音调很温和，但执着坚定，充满决绝。对已是万般无奈之中的我们，此语一出，不啻惊雷。

教室内已经有轻轻的哭泣声。人啊，面临丧失，多么软弱苦楚。即使只是一种模拟，已使人肝肠寸断。

笔和阳光。它们在纸上势不两立地注视着我，陷我于深重的两难。

留下太阳吧——心灵深处在反复呼唤。妩媚温暖，明亮洁净，天地一派光明。玫瑰花会重新开放，空气和水将濡养而出，百禽鸣唱，欢歌笑语。曾经失去的一切，都会在不知不觉当中悄然归来。纵使除了阳光什么也没有，也可以在沙滩上直直地卧晒太阳哇。

想到这里，心的每一个角落，都金光灿灿起来。

只是，我在哪里？在干什么？

我看到自己孤独的身影，在海边寂寞的椰子树下拉长缩短，百无聊赖，孤独地看日出日落，听潮涨潮消。

那生命的存在，于我还有怎样的意义？！我执着地扬起头来问天。

天无语。

自问至此，水落石出。我慢而稳定地拿起笔，将纸上的“阳光”划掉了。

偌大一张纸，在反复勾勒的斑驳墨迹中，只残存下来一个固守的字——笔。

这种充满痛苦和抉择的测验，像一个渐渐缩窄的闸孔，将激越的水流凝聚成最后的能量，冲刷着我们纷繁的取向。当那通道变得一夫当关、万夫莫开之时，生命的重中之重，就简洁而挺拔地凸立了。

感谢这一过程，让我清晰地得知什么是我生命中的真爱——就是我手中的这支笔啊。它噗噗跳动着，击打着我的掌心，犹如我的另一颗心脏，推动我的一腔热血、四肢百骸——突然发现周围万籁无声。

人们在清醒地选择之后，明白了自己意志的支点，便像婴儿一般，单纯而明朗地宁静了。

我细心地收起这张白纸，一如珍藏一张既定的船票。知道了航向和终点，剩下的就是帆起桨落战胜风暴的努力了。

附录二：大学生的墓志铭

Bi Shumin's Growth Course

那一年，我和朋友应邀到某大学演讲。关于题目，校方让我们自选，只要和青年人的心理有关即可。朋友说，她想和学生们谈谈性与爱。这当然是一个极为重要的问题，只是公然把“性”这个词，放进演讲的大红横幅中，不知校方可会应允？变通之法是将题目定为“和大学生谈情与爱”，如求诙谐幽默，也可索性就叫“和大学生谈情说爱”。思索之后，觉得科学的“性”，应属光明正大范畴，正如我们的老祖宗说过的“食色性也”，是人的正常需求和青年必然遭遇之事，不必遮遮掩掩。把它压抑起来，逼到晦暗和污秽之中，反倒滋生蛆虫。于是，朋友就把演讲题目定为“和大学生谈性与爱”。这期间我们也有过小小的讨论，是“性”字在前，还是“爱”字在前？商量的结果是“性”字在前。不是哗众取宠，觉得这样更符合人的进化本质。

感谢学校给予我们的信任和支持，朋友的演讲题目顺利通过了。但紧接着就是我的题目怎样与之匹配？我打趣说，既然你谈了性与爱，我就成龙配套，谈谈生与死吧。本是半开玩笑的话，不想大家听了都说“ＯＫ”，就这样定了下来。

我就有些傻了眼。不知道当今的年轻人对“死亡”这个遥远的话题是否感兴趣？通常人们想到青年，都是和鲜花绿草、黑发红颜联系在一起，与衰败颓弱、委顿凄凉的老死似乎毫不相干。把这两极牵扯一处，除了冒险之外，我也对自己的能力深表怀疑。

死是一个哲学命题，有人戏说整个哲学体系，就是建立在死亡的白骨之上。我深知自己不是一个哲学家，思索死亡，主要和个人惧怕死亡有关，在我四五岁时，一次突然看到路上有人抬着棺材在走。我问大人，这个盒子里装着什么？人家答道，装了一个死人。当时我无法理解死亡，只觉得棺材很小，一个人躺在里面，蜷起身子像个蚕蛹，肯定憋得受不了……于是小小的我，产生了对死亡的惊奇和混乱。这种惊奇混乱使我在相当一段时间内对死亡很感兴趣。我个人有着数十年从医经历，在和平年代，医生是一个和死亡有着最亲密接触的职业。无数次陪伴他人经历死亡，我不可能对这种重大变故无动于衷。还有很重要的一点，就是我十几岁就到了西藏，那里严酷的自然环境和孤寂的高原冰川，让我像个原始人似的，思索着人从哪里来、要到哪里去这类看似渺茫的问题。

反正由于我脱口而出的一句话，演讲题目就这样定了下来，无法反悔。我只有开始准备资料。

正式演讲的时候，我心中忐忑不安。会场设在大礼堂，两千多个座位满满当当，过道和讲台上都有学生席地而坐。题目沉重，我特别设计了一些互动的游戏，让大家都参与其中。

演讲一开始，我做了一个民意测验。我说大家对“死亡”这个题目是不是有兴趣，我心里没底。我不知道有多少人在看到这个题目之前，思索过死亡？

此语一出，全场寂静。然后，一只只臂膀举了起来，那一瞬，我诧异和讶然。我站在台上，可以纵观全局，我看到几乎一半以上的青年人举起了手。我明白了有很多人曾经认真地想过这个问题，比我以前估计的比例要高很多。后来，我还让大家做了一件事——书写自己的墓志铭。有几分钟的时间，整个会堂安静极了，谁要是那一刻从外面走过，会以为这是一间空室，其实数千学子正殚精竭虑思考人生。从讲台俯瞰下去（我其实很不喜欢这种高高在上的讲台，给人以压迫之感。我喜欢平等的交谈。不单在态度上，而且在地理位置上，大家也可平视。但校方说没有更合用的场地了），很多人咬着笔杆，满脸沧桑的样子。我很抱歉地想到，这个不祥的题目，让风华正茂的青年人提前——老了。

大约五分钟之后，台下的脸庞如同葵花般地仰了起来。我说：“写完了吗？”

齐声回答：“写完了。”

我说：“好，不知有没有哪位同学，愿意走上台来，面对着老师和同学，念出自己的墓志铭？”

出现了一片海浪中的红树林。我点了几位同学，请他们依次上来。但更多的臂膀还在不屈地高举着，我只好说：“这样吧，愿意上台的同学就自动地在一旁排好队。前边的同学讲完之后，你就上来念。先自我介绍一下，是哪个系哪个年级的，然后朗诵墓志铭。”

那一天，有几十名同学念出了他们的墓志铭，后来，因为想上台的同学太多，校方不得不出动老师进行拦阻。

这次讲演，对我的教育很大。人们常常以为，死亡是老年人才需要考虑的问题，这是误区。人生就是一个向着死亡的存在，在我们赞美生命的美丽、青春的活力的时候，我们其实就是肯定了死亡的必然和老迈的合理性。试想一下，如果没有死亡，地球上早就被恐龙霸占着，连猴子都不知在哪里哭泣，更遑论人类的繁衍！

从我们每个人一出生，生命之钟的倒计时就开始了。当我写下这些字迹的时候，我就比刚才写下题目的时刻，距离自己的死亡更近了一点。面对着“我们的生命有一个大限存在”这样一个残酷的事实，无论是年老和年轻，都要直面它的苛求。

现代生活节奏越来越快，我们独处的空间越来越逼仄，思索的时间越来越压缩。但死亡并不因为我们的忙碌而懈怠，它步履坚定地、持之以恒地向我们走来。现代医学把死亡用白色的帏帐包裹起来，让我们不得而知它的细节，但死亡顽强前进，它是无所不能的，没有任何力量能够抗拒它。

一个人年轻的时候就思索死亡，和他老了才思索死亡，甚至死到临头都不曾思索过死亡，这是完全不同的境界。

知道有一个结尾在等待着我们，对生命的宝贵，对光明的求索，对人间温情的珍爱，对丑恶的摒弃和鞭挞，对虚伪的憎恶和鄙夷，都要坚定很多。

那天在礼堂的讲台上，有一段时间，我这个主讲人几乎完全被遗忘了，一个又一个年轻的生命为自己设计的墓志铭，将所有的心震撼。

有一个很腼腆的男孩子说，在他的墓志铭上将刻下——这里长眠着一位中国籍的诺贝尔奖获得者。

台下响起了热烈的掌声。我想，不管他一生是否能够真正得到这个奖章，但他的决心和期望，已经足够赢得这些掌声。

一个清秀的女孩子说，她的墓志铭上将只有一行字：一位幸福的女人。

还有一个男生说，我的墓志铭上会写着——我笑过，我爱过，我活过……

这些年轻的生命，因为思索死亡而带给了自己和更多人力量。无数生命的演变，才有了我们的个体。在这一点上，我们不单要感谢我们的父母，而且要感谢我们的祖先，感谢地球，感谢进化所走过的漫漫历程。当我们有了生命之后，我们在性的基础之上，繁衍出了爱。爱情是独属于人类的精神瑰宝，它已从单纯的生殖目的，变成了两性身心融会的最高境地。然而在这一切之上，横亘着死亡。死亡击打着生命，催促着生命，使我们必须审视生命的意义。

后来，我还在一些场合作过相关的演说。我在这里抄录一些年轻人留下的墓志铭，他们让我进一步认识到了讨论死亡对于一个健康心理的建设，是多么重要。

“这里安息着一个女子，她了结了她人生的愿望，去了另外的世界，但在这里永生。她的一生是幸福的一生，快乐的一生，也是贡献的一生，无憾的一生。虽然她长眠在这里，但她永远活着，看着活着的人们的眼睛。”

“高尚是高尚者的通行证。”

“我不是一颗流星。”

“生是死的开端，死是生的延续。如果我五十岁后死，我会忠孝两全，为祖国尽忠，为父母尽孝。如果我五年后死去，我将会为理想而奋斗。如果我五个月后死去，我将以最无私的爱善待我的亲人和朋友。如果我五天后死去，我将回顾我酸甜苦辣的人生。如果我五秒钟后死去，我将向周围所有的人祝福。”

怎么样？很棒，是不是？

按照哲学家们的看法，死亡的发现是个体意识走向成熟的必然阶段。一个人的心理健康，更是和他的生命观念、死亡观念息息相关。你不能设想一个对自己没有长远规划的人，会有坚定、健全、慈爱的心理。如果说在以上有关死亡的讨论中，我对此还有什么遗憾的话，就是年轻人普遍把自己的生命时间定得比较短。常有人说，我可不喜欢自己活太大的年纪，到了四五十岁就差不多了。包括现在有些很有成就的业界精英，撰文说自己三十五岁就退休，然后玩乐。因为太疲累，说说玩笑话，是可以理解的。但认真地策划自己的一生，还是要把生命的时间定得更长远一些，活得更从容，面对死亡的限制，把自己的一生渲染得瑰丽多彩。

朋友，此刻，不知是傍晚还是深夜？我希望是一个阳光明媚的早晨，有清风吹过，能听到清脆的鸟鸣。本书到这里就要结束了，我们即将分手。感谢在这段时间里，你所给予我的信任，感谢我们携手度过的时光。游戏的过程可能并不轻松，但愿在游戏之后，你记忆的海滩上会留下金色的贝壳，里面藏着你的秘密化成的珍珠……